1980년 김 순경 이야기

1980년 김 순경 이야기

어진이 지음

문학공감

　사람의 생애를 이야기할 때, 그가 얼마나 잘 살았는가는 대부분 업적에서 나오는 것 같다. 평소 일가친척과 부모 형제와 얼마나 화목한지, 자녀가 얼마나 바르게 성장했는지, 학문과 인품의 일치와 경제적 가치로 사회에 얼마나 공헌했는지 주변 사람들의 평판이 가늠자가 된다고 보겠다.

　모든 것이 결과론적이지만 시대를 접목시켜 보면 사연이 달라진다. 나라가 어지러울 때, 주변과 가족이 모두 힘들 때 자기 혼자만 잘사는 것은 옳지 않다는 말이 있다. 태평성대에 온 나라가 풍요롭고 주변이 모두 잘 살아가는데 혼자만 못 사는 것도 그만한 까닭이 있다고 하겠다.

　영웅은 시대가 만든다고 하듯이, 같은 재능도 시대에 따라 드러날 수 있고, 소멸될 수 있다. 시류를 잘 만나 성공하는 이가 있고, 인연에 따라서 인생이 변화하는 것을 보고 느낀다. 공직 사회도 그런 것 같다.

　1980년 초, 당시에도 보기 드문 허름한 경찰 관사가 있었다. 누가 이사 온 것 같은데, 금방 이사 가고, 또 다른 사람이 금방 이사 오고, 또 이사 가는 것을 보면서, 경찰 가족은 어느 한곳에 정착해서 정들 겨를이 없겠다는 생각이 들었다. 관사가 유난히 허름한 이유도 알게 되었다. 나라 재정이 어려워 고쳐 주지 않은 것이다. 직원들은 길게 살면 1년이고 짧으면 6개월을 살다 가는 집이다.

일제 때 지어진 불 때는 집을 연탄보일러로 고치고, 구멍 뚫린 흙벽을 베니아판으로 덧대어 고친 직원이 있었다. 김 순경이다. 방세를 내는 셈 치고 고친다고 했다. 잠시 살다 가겠지만, 사는 동안 깨끗하게 하고 싶다고 했다. 뒤에 오는 누군가에게 도움 되지 않겠냐고 했다. 서로 조금씩 고치면 보다 좋은 환경이 될 거라고 했다. 모두가 그런 마음이라면 좋겠다고 했다.

사람의 가치 척도에는 사는 곳, 사는 집이 포함되어 있다. 아무리 좋은 집도 돼지가 살면 돼지우리고, 품격 있는 사람이 머무는 공간이 격조 있다고 하지만 현실은 꼭 그렇지만은 않다. 허름한 관사가 조금씩 깨끗하게 단장되는 걸 보면서, 우리 사회 곳곳마다

1980년 김 순경 이야기

앞장서는 발걸음이 필요하다는 것을 느꼈다.

　김 순경은 경찰 관사를 거쳐 간수 많은 경찰 가족의 생활을 대표하는 인물인 셈이다. 경찰도 사는 이야기는 일반인들과 별반 다를 것 없다고 생각했는데, 일반인이 알지 못하는 힘든 일이 의외로 많았다. 남다른 보람과 긍지로 살아가는 경찰의 외면에 비해서 가족들의 애환이 많았다. 잦은 이동으로 이웃과 교감이 어렵고, 자녀들은 1년이 멀다 하고 전학을 다녔다. 정들자마자 이별하는 생활이다. 사는 것도 넉넉하지 않았다. 본가에서 전세라도 얻어 주면 좀 나아 보였고, 월급만으로 살아가는 경우는 궁핍했다. 콩나물값 100원도 바들거리며 사는, 알뜰함이 몸에 밴 가족들의 일상은 너무나 정갈했다.

　발령이 나면 남편이 먼저 근무지로 가고, 이사는 안사람이 혼자 하는 경우가 많았다. 계획된 사생활도 없어 보였다. 경찰 업무가 밤낮이 따로 없으므로 퇴근 역시 일정하지 않아 셋방살이 애환이 많았다. 야간에는 주인에게 폐가 될까 봐 대문으로 들어오지 못해 담을 뛰어넘다가 다치기도 한다. 우연히 그 모습을 딸이 보고 아빠더러 도둑이냐고 물어봤다는 웃지 못할 일화가 있다.

『1980년 김 순경 이야기』는 1980년대를 살아온 맨바닥 순경의 기억과 대화를 중심으로 그때의 일상을 적나라하게 그린 소설이다. 반듯하고 내성적인 김 순경이 좌충우돌 부딪치는 현장을 통해 신입 경찰들의 애환을 대변하고자 했다. 현재 시선에서 과거를 돌아본 회상과 픽션도 일부 접목되었다. 사실이라 해도 차마 관련한 실명을 거론할 수 없어서, 몇 명은 가명으로 설정했다.

　힘든 시절, 고된 업무에 매진하며 끝끝내 직무를 완수한 80년대 모든 김 순경에게 경의를 표하며, 동고동락한 동시대 경관들을 격려하는 마음에서 글을 내어놓는다.

6월 어느 날 명하정 明霞停 에서 어진이

목차

동물의 왕국

　탄자니아와 케냐 국경에 걸쳐있는 세렝게티에는 대략 30여 종의 동물과 500여 종류의 조류가 살고 있다고 한다. 남부 초원과 북서쪽은 목초지로 되어 있고, 강과 호수 늪지대가 분포되어, 각종 동식물이 산재하여 말 그대로 '동물의 왕국'이다. 가끔 이곳에 대한 다큐멘터리를 보는데 볼 때마다 실감 난다.

　오늘은 영양류인 누의 집단 서식지가 배경으로 나온다. 몸길이가 1.5m~2m 정도 되고, 몸무게도 250~300kg 된다 하니, 얼핏 우리나라 황소만 하게 보인다. 수많은 '누' 떼가 헤쳐 모여 놀고 있는 평화롭기 그지없는 풍경에, 언제 어디서 왔는지 하이에나 한 마리가 쏜살같이 달려든다. 제 몸보다 두세 배 족히 더 커 보이는데, 잡아먹겠다고 달려드는 것이다.

　공격당하던 '누' 한 마리가 간신히 도망친다. 다리 한쪽을 물리긴 했지만 큰 덩치와 긴 다리로 물리친 것이다. 실패한 하이에나가 제 친구를 불러와서 다시 협공한다. 잠깐 방심한 '누'에게 살금살금 접근하더니 꽉 물고 놓지 않는다.

　결국 '누'가 죽었다. 협공에 성공한 하이에나가 만찬을 즐기려고 하는, 순간 다른 하이에나 수십 마리가 달려들어서 사냥감을 빼앗는다. 해설에 의하면 다른 지역의 하이에나가 사냥을 온 것이라고 한다. 남의 영역을 침범한 것이다.

애써 잡은 먹이를 텃세에 뺏기고 멀리서 바라보는 실제 사냥한 하이에나가 허망해 보인다. 이렇게 하이에나가 저들끼리 서로 먹느라 빼앗고 싸우는 사이 어디선가 백수의 제왕, 사자가 어슬렁어슬렁 여유롭게 다가온다. 사자의 포효에 모두 도망가고 사냥감은 사자 떼가 차지한다.

하이에나 무리는 먹이가 아까워 물러서지 못하고 지켜본다. 언제 왔는지 저 멀리서 독수리 떼가 기다리고 있다. 포식자들의 다툼에서 다시 빼앗는 자가 있고, 뺏긴 자가 있다. 뺏어 놓고도 다툰다. 많이 먹는 놈, 조금 먹는 놈, 못 먹은 놈, 먹다 만 놈, 먹고 싶지만 참고 있는 놈, 너무 먹어 탈 난 놈, 먹지도 못하고 죽은 놈, 먹고 흔적도 남기지 않는 놈, 놈, 놈. 어디서 많이 본 듯한, 익숙한 동물의 세계 풍경이다.

원래 하이에나는 스스로 사냥하기보다 남의 먹이를 훔쳐 먹는 치졸하고 존재다. 그런 주제에 나름 저들이 잡은 사냥감을 빼앗기는 걸 보니, 사는 게 다 그렇고 그런가 보다. 제 몫의 먹이를 빼앗아 먹는, 덩치 크고 무서운 사자 주위를 빙빙 도는 심리에서, 남의 입장과 남의 신세를 알 수 있을까!

사자들 주둥이가 피로 물들었다. 사자의 멋, 갈기부터 온 몸뚱

이가 피로 범벅이다. 먹다 쉬는 걸 보니 배부른 모양이다. 남의 것 빼앗아서 배부르게 먹었으면 가야 하는데, 사자들이 자리를 떠나지 않고 늘어져 누워있다.

언제나 갈까 눈 빠지게 기다리던 하이에나가, 조심스레 먹이 쪽으로 다가간다. 하이에나가 다가오자, 사자가 우러~렁 오지 마라 엄포다. 더 먹을 생각이 없지만 너희를 주기도 싫다. 네까짓 모자란 잡것들은 자격이 없으니 죄다 꺼지라는 의미다. 처음부터 너희 것은 없었다. 이 모든 것은 몽땅 사자의 몫이다. 하이에나가 도망가다가 돌아오고, 다시 도망가다 돌아오기를 수없이 반복하는 모양에서, 인간사 세상사 어둠의 영역 다툼과 숫자 싸움, 기싸움을 떠올린다.

그랬다. 하이에나뿐이 아니다. 범죄 집단을 비롯해서 음지의 먹이 쟁탈전은 먼저 먹은 놈이 장땡이고, 광땡이다. 동물의 왕국과 흡사하다. 먹을 것을 놓고 다투는 모양도 가지가지다. 처음부터 혼자 다 해치우고 혼자 먹는 놈부터 냄새만 겨우 맡다 만 놈까지 총천연색으로 운집해 있다.

먹고 입 싹 닦는 놈, 언제나 먹어 볼까 기다리는 놈, 먹은 놈 보면서 욕하는 놈. 못 먹은 놈을 비웃는 놈, 혼자만 먹는 놈, 같이 먹자는 놈, 감춰 놓고 먹는 놈, 대놓고 먹는 놈, 그렇게 먹고도 끄떡없는 놈이 있다. 이 많은 놈 놈 중에서 먹을 대로 다 먹고는 고

자질까지 하는 놈이 젤 나쁘다.

먹고 나서 탈이 난 그림도 각양각색이다. 죽어도 안 먹었다 오리발을 내미는 놈이 있고, 나름 염치가 있어 고개 숙이는 놈이 있다. 없던 일로 하자며 협상을 시도하는 놈이 있고, 줄 자랑하며 협박하는 치사한 놈이 있다. 나만 먹었냐며 함께 죽자고 되려 협박하는 놈, 먹이 근처도 못 가 보고 뒤집어쓴 억울한 놈이 있다. 그 와중에 총대 메는 멋진 놈도 있다.

하이에나에 잡아먹힌 '누'를 보면서 이들 집단에서도 리더의 중요성을 접목시켜 본다. 집단으로 머물던 장소에서 먹을 것이 소진되면 장소를 이동한다. 이때 전체를 이끄는 리더가 보이는데, 이 경우 리더는 어떻게 정해지는지 모르겠다.

한 마리가 일부를 이끌고 전진하면 다른 무리가 따라 이동한다. 인간 상식으로 이해되지 않는 대이동이다.

늙은 말은 어디가 위험한지, 어디에 먹을 것이 풍성한지 안다 하여 '노마지지'라고 한다. 이와 같은 맥락으로 본다. 누 떼가 리더를 따라 전진하는데, 큰 강물에 길이 막혔다. 강을 건너려면 제법 높은 낭떠러지에서 뛰어내려 빠른 물살을 건너야 한다. 먼저 리더가 냅다 뛰어내리더니 물살을 가로질러 건너간다.

'봐라, 이렇게 하는 거다' 따라 하라는 메시지다. 알아들은 듯 무리가 하나둘씩 낭떠러지를 뛰어내려 물살을 건넌다. 문제는 어린 것들이다. 낭떠러지도 무섭고 물살도 무섭다. 아등바등하다 간신히 뛰어내리는 것도 있고, 다치기도 하고, 다친 채 건너려다 물살에 떠내려가는 것도 있다.

카메라가 다른 곳을 비춰 주는데, 조금 위쪽에, 평지에 물살이 얕게 흐르는 곳이 있다. 그곳으로 이동해서 건너면 안전할 것 같은데 리더를 잘못 만나서 온 식구가 수난이다. 이렇게 이동했는데 먹을거리가 전혀 없을 때도 있다. 구사일생 건넜지만, 천적이 도사리는 지역이라 갑자기 죽임을 당하기도 한다. 누구의 잘못일까! 정황을 예측 못 한 리더의 역량 부족이다. 제 앞가림도 힘든 자가 리더라고 나선 탓이다. 그런 줄 모르고 따라나선 무리의 운명이다.

사자들이 영역을 지키는 걸 보면 알 수 있다. 저들끼리 피 튀기는 혈전으로 이긴 자가 리더가 된다. 리더가 되면 제 영역을 아무도 침범하지 못하게 표시하고, 멋진 갈기를 휘날리며 우~러~렁~포효한다. 식구들 안전을 책임지지 못하면 더 이상 리더가 아니다.

카리스마 철철 넘치는 사자 주변엔 암사자들이 교태롭게 살아간다. 짐승들의 세계도 리더의 능력에 따라 평화롭게 산다는 걸 알 수 있다.

겨울철 새들은 우리나라에서 겨울을 지내고, 이른 봄 북쪽으로 줄지어 하늘을 날아가는데, 삼각 대형이 멋지다. 마치 비행 연습을 마친 제트 비행 편대처럼 일괄적으로 날아가는데 맨 앞에 꼭짓점을 지키며 날아가는 새가 있다. 어떻게 하늘길을 알고, 어떻게 대열을 유지 시키며 떠나 온 길을 다시 찾아 날아가는지 볼 때마다 신기하다.

조류 학자들에 의하면 꼭짓점 위치에서 리더를 맡는 새는 한 마리로 정해진 것이 아니라고 한다. 바로 뒤에 있는 새와 선두 자리를 바꿔가며 날아간다고 한다. 그럴듯하다. 맨 앞에서 바람을 가르는 것이 여간 어려운 일이 아닐 게다. 또 궁금한 건 어느 시점에서 힘든 걸 알고 바꾸냐는 말이다.

남극 황제펭귄의 삶을 조명한 적이 있다. 영하 50도를 넘나드는 칼바람을 견뎌야 하므로 서로를 끌어안고 버티는 펭귄들의 모습이 처절하고 또 숭고했다. 칼바람이 불어오는 쪽을 서로 돌아가며 막는다고 했다. 살기 위해 합심하는 행위를 보면 새 대가리라 함부로 말할 게 아니다.

경찰이 되련다

먹고 먹히는 동물의 세계와 우리 시대 삶은 얼마나 큰 차이가 있을까! 지나고 보면 쏜살같은 세월이고, 지난날을 헤아려보면 아득하기만 하다. 만약에 젊은 시절로 다시 돌아가라면 돌아갈 수 있을까! 가만히 고개가 저어진다. 두 번 다시 지난 시간을 마주하고 싶지 않다.

인생길에 다시 돌아간다는 전제를 해 본들 무슨 의미가 있을 것인가! 그저 지나간 시간을 토대로 남은 생애나 후회가 적도록 해야겠다는 생각이다. 이제 무엇을 할 수 있겠나! 쏜살같은 세월을 회상해 본다.

우리 동네는 50여 가구가 사는 완전한 농촌 마을이다. 새마을 운동 노래가 알람 시계를 대신하던 시절이다. 국민학교 친구들 다수가 공순이 공돌이로 불리며 타지에서 고단하게 살아갈 때, 나는 운 좋게도 고등학교를 나왔다. 깡촌에서 몇 안 되는 배운 사람 축에 들어가는 것이다. 모두들 근면 자조 정신으로 열심히 살면 된다고 배웠다. 열심히 살 수밖에 없던 시절이다. 힘들었지만 함께하는 길이라서 당연하게 여기며 살았다.

고등학교까지 나왔는데 설마 농사짓겠는가! 주변에 기대가 있었지만, 그런 기대가 아니라 해도 농사지을 맘은 아예 없었다. 그렇다고 진로에 대해서 확실한 방향도 정하지 못했다. 군대에서 제대하고 나서야, 뭔가 하긴 해야 하겠는데 뭘 할지 막연한 생각만 하면서 뒹굴뒹굴했다.

첫 예비군 훈련 통지서가 나왔다. 동네에서 2km 정도 거리 군부대 연병장이 집합 장소다. 지긋지긋한 군 생활을 마친 지 얼마나 되었다고, 그새 예비군 훈련이라니 은근히 불만이다. 낯선 예비 군복을 입고, 오랜만에 워카끈 졸라매고 부대로 향하는데, 갑자기 머리가 지끈거린다. 잠을 잘못 잤나?

마침 안 동네 사는 용이 형이 온다. 형도 예비군 훈련 가나! 형은 1년 선배인데 어쩌다 같이 입대하고 같이 제대했다. 예비군 훈련 가나 물었더니 아니란다. 그러고 보니 사복이다. 경찰 시험에 합격해서 예비군 훈련이 면제되었다고 한다. 화들짝 놀랍다. 아니, 형이 경찰이 됐다고? 그런 일이 있었어?

여름 감기는 개도 걸리지 않는다는데 콧물이 나온다. 머리가 계속 지끈거리고 목구멍도 아프다. 속으로 느끼는 증상은 안 그런 척 참을 만한데, 콧물이 문제다. 쪽팔리게 시도 때도 없이 흘러내린다. 6월 한낮에 열기로 가득한 부대 연병장은 서 있기만 해도 어질어질하다.

말 그대로 군기가 빠진 것 같다. 이래 봬도 왕년에 군대에서 완전군장하고 구보를 했다 하면, 선두에서 구령할 정도로 단단했는데 말이다. 선착순도 했다 하면 최소 3등 안에는 들 정도로 날렵한 몸이다. 군 시절 창설 부대만 돌아다닌 덕분에 삽질도 최상급인데, 지금은 빈 총을 들고 서 있기도 힘들다.

햇볕이 뜨거워서 땀이 나는 건지, 감기로 열이 나는 건지, 어질삐질 땀이 계속 난다. 교관의 목소리가 건성건성 들리다 말다 한다. 앞으로 이런 식으로 주야장천 예비군 훈련을 받을 생각에 마음이 심란하다. 훈련이라면 고등학교 때 교련부터 육군 포병 하사 28 사단까지 정말 지긋지긋한데, 용이 형이 심장에 불을 질렀다.

"그래. 결정했어!" 어떤 코미디 프로에서 나온 말처럼, 예비군 훈련 연병장에서 진로를 정했다. 한다면 하는 거다. 본인이 정말 원하고 노력하면 반드시 이루어진다는 말을 어디선가 들었다. 그리고 현재로선 딱히 다른 길도 없다. 남다른 기술이 있는 것도 아니다.

당장은 예비군 훈련 안 받는 용이 형이 부럽다. 무엇보다 저 형이 어떻게 경찰이 됐나 궁금하다. 시험 과목이 무엇인지 궁금하고, 어디서 시험을 보는지 언제 또 뽑는지 궁금하다. 시험에 합격하고 나면, 바로 경찰이 되는 건지 궁금하다. 발령은 어떻게 나는 건지, 어떤 근무를 하는지 다 궁금하다.

전에는 경찰이 무슨 일을 하는지 거의 알 것 같았는데 다시 생각해 보니까 한 가지도 자세한 것은 모르겠다. 만약에 친척이 잡혀 오면 어떻게 하지? 깡패나 조폭들 잡아 오라고 하면 어떻게 하지? 잡으러 가다가, 오히려 잡히면 어떻게 하지? 왠지 경찰은 나랑 안 맞을 것 같다. 속셈으로 조금만 생각해도 두렵다. 아무래도 어려울 것 같다. 그만둘까?

시험 전날, 저녁 9시 뉴스에 눈길이 간다. 평소 뉴스에 관심도 없는데 말이다. 어느 반상회다. 반상회는 인근 주민들이 모여서 동네일을 상의하는 정도로 알고 있었다. 세상에, 뉴스에서 반상회의 기원부터 목적까지 자세히 설명하는 것이다. 이것이 시험에 나올 줄 상상도 못 했다.

시험 보는 순간, 시험 문제지를 먼저 본 사람 같다. 미리 한번 풀어 본 것처럼 문제가 쉬웠다. 마지막 주관식에서 반상회의 목적, 효율적인 방안에 대해서 논하라고 나왔을 때, 하마터면 휘파람을 불 뻔했다. 어찌나 반갑던지, 난데없이 입안에서 국민 교육 헌장이 입에서 술술 흘러나오는 걸 간신히 참아 냈다.

합격이다. 기쁨과 자부심이 하늘 끝까지 날아갈 것 같았다. 한동안 주변에 칭송이 자자했다. 내 기쁨이 가족의 기쁨이다. 가족 친지는 물론이고 동네 사람들까지 자랑으로 삼았다. 경찰 제복을 입고 뽀대 나게 다니는 상상에 도취했던, 그때 그 시간이 인생길에서 제일 철없이 행복했던 것 같다.

1980년 김 순경 이야기

경찰 교육

'성실, 인내, 창조 誠實. 忍耐. 創造'라는 학훈 學訓 깃발이 휘날리는 인천 부평의 경찰종합학교에 입교했다. 제일 먼저 느낀 점은 운동장이 넓고 깨끗하다는 것이다. 강당이 넓고 깨끗하다. 교육 시설과 숙소도 넓고 깨끗하다. 화장실도 넓고 깨끗하다. 복도까지 다 넓고 깨끗하다.

넓다 크다는 기억을 더듬어 보면, 어릴 적 새마을 마당과 신작로다. 초등학교, 중학교, 고등학교 운동장이 참 넓었다. 육군 훈련소 연병장이 무섭게 넓었다. 포병 하사관 훈련받을 때 여산 그 연병장이 드럽게도 넓었다. 연천, 포천 산간지대 잡초와 자갈로 뒤덮였던 창설 부대 연병장은 기가 질리도록 넓었다.

경찰학교 운동장을 보니 감회가 새롭다. 문명 세계다. 넓기만 한 게 아니라 깨끗하다는 것이 매력적이다. 지급하는 물품과 양식도 다르다. 군대는 속옷, 양말 장갑, 군복, 워카를 아무렇게 던져 주고, 몇 초안에 각자 몸을 끼우라고 했다. 여기는 내 몸에 꼭 맞게 지급한다. 인간 대접을 받는 것 같다.

15중대 생활관 입소 후 교육 내용이 나왔다. 군대 생활과 비슷한 체계였지만 지극히 인본적인 대면이라 어색하면서 새롭다. 우리 중대는 대략 40여 명인데, 중대에 따라 인원이 다른 것 같다. 전원 모였을 때 학교 연병장이 꽉 차는 느낌이 들었다. 이번에 우리 기수가 제일 많다는 말이 맞는 것 같다. 숫자가 많은 만큼 소양 부족한 인물이 나올 수 있지만 반대로 보면 그만큼 출중한 인물이 많다는 말도 되겠다.

우리 내무반 인원 조성을 보니까 최연소가 25세, 최고령 37세로 10년 차가 한 기수로 교육을 받게 되었다. 나이 차, 체력 차도 눈에 보이고, 실무 실습에도 개인차가 보인다. 교육을 다 마치고 나면 마지막 테스트가 있다고 하니 교육생은 매시간 최선을 다할 수밖에 없었다.

한 달여 함께 숙식하다 보니 경쟁보다는 정이 들었다. 서로 간 가정사도 알게 되고 속마음도 주고받으며 나중에 현장 근무할 때도 연락하자고 약속했다. 누가 먼저 출세해도 서로가 이끌어 주자며 희망 어린 덕담을 주고받았다.

누구는 천상 경찰로 태어난 사람처럼 찰지게 교육을 잘 받았고, 누구는 여리디여려서 힘들겠다. 누구는 어리바리해서 중도 하차하겠다며 자체 뒷담화도 꽤 나왔다.

교육 내용을 다 기억할 수 없지만, 참으로 많은 것을 배웠다. 솔직하게 말해, 깊이 있게 배우기보다는 다양하게 배운 것 같다.

국가관 대민 사명감으로 출발한 교육은 경찰관의 직무, 품위 유지부터 현장 실무까지 그야말로 무궁무진했다.

밥 먹고 잠자고 난 나머지 시간은 전부 다 교육이다. 군대와 똑같은 제식 훈련과 체력 단련을 별도로 받았다.

경찰의 별칭이 '민중의 지팡이'라고 한다. 지팡이가 필요한 사람이 누구일지 생각해 보자. 홀로서기가 힘든 약자들이다. 강자에 의해 억울함을 당하지 않도록 기꺼이 지팡이가 되어, 생명과 재산을 지키고 보호하는 것이 경찰의 일이다. 너무나 꼭 필요한 임무를 지녔는데, 실제 경찰을 바라보는 시선은 경의를 표하는 느낌이 아니다.

범죄 예방과 발생한 사건의 피의자 검거를 한다. 집회나 시위가 발생할 때 공안 유지 질서 유지를 담당한다. 피의자를 체포하는 체포술을 배우고 수갑 채우는 것을 배운다. 단단하고 명료하며 효과적인 포승줄 매듭짓기를 배운다. 보고 문서 작성, 교통 단속 요령, 사격과 무술 연습을 반복한다.

사격은 자신 있다. 무전 주고받는 것도 잘하는 편이다. 포병 하사관 출신이라 장병들을 지도한 경험이 빛을 발한다. 별것을 다 배운다. 상식으로 포 쏘는 연습도 했으면 좋겠다.

〈전방에 차렷 포! 삼, 둘, 하나, 콰광! 하나 포 사격 끝. 둘. 포. 조준점 전방 맞췄음, 사격 준비 끝, 둘 포 쏴!〉 155, 105, 자주포까지 쏜다면 남들보다 잘할 수 있는데, 참 아쉽다.

체력이 국력이라고 하는데 체력은 경찰력이다. 무술 특기에 태권도, 유도, 검도, 각종 격투기 유단자가 여기 다 모였다. 이건 뭐 서커스에서 날아다니는 수준이다.

담대하고 정확한 소총 사격 권총 사격까지 다들 장난 아니다. 당장 나가서 근무한다 해도 손색없는 사람들이 부럽다.

묵상

사람은 성장할 수 있는 만큼 존재한다고 했다. 아니 성장한 만큼 대접받는다고 했지. 그동안 환경이 별로 좋지 않았지만, 환경을 빙자해서 노력하지 않은 점이 더 잘못이었다. 그래도 천만다행이지 여기까지 왔으니까 지난날에 얽매이지 말고 미래만 생각해야겠다. 나보다 더 많이 배운 사람에게 취하지 말고, 배움 자체에 취해야겠다.

생각하기 위해서 생각을 비워야 하는 이유를 알 것 같다. 생각하지 않는 공부와 노력은 쓸모없으며, 실력이 없는 생각은 위험하다는 이치를 깨달아 간다. 인생에 세 번의 기회가 찾아온다고 하는데, 지금이 첫 번째 기회이며 최고의 기회로 본다. 이 기회를 잡지 못하면 다음에 더 나은 기회는 없을 것 같다. 나의 발전은 나를 위한 것이고, 나를 위하는 것은 오직 나 자신뿐이다.

주변에 도움 되는 사람이 있으면 편한 것은 사실이지만 오직 편함을 도와주는 교량 역할이지 최종은 내 자신이다. 희망이 없었던 게 아니라 내 의지가 부족했던 것이다.

경찰에 입문한 사람들은 대체로 비슷한 수준의 집합이다. 아주 대단한 집안이 아니고, 지능이 비상한 것도 아니다. 신체와 정신 건강하고, 실력 겸비한 보통 집안의 자식들이다. 나름 국가관 사명감으로 들어온 사람도 있을 테고, 마땅히 할 일을 찾지 못하다 우연히 들어온 사람도 있을 것이다.

비슷한 역량과 목적을 지닌 사람들인데, 한곳에 놓고 보니 같은 듯 다르다. 순둥이 같지만 격투기에 능숙한 이가 있다. 격투기는 능력자인데 수사 내근과 거리가 먼 사람도 보인다. 사격술은 기가 막힌데 다른 걸 기막히게 못하는 사람이 있다. 언변은 변호사급인데 실무는 허당인 경우도 있다.

천차만별이 바로 이것이구나! 이걸 단시간에 어떻게 교육하나! 시간은 예나 지금이나 쏜살같이 흐른다. 어느새 교육 일정은 끝나는데 머릿속에 들어온 것은 없다. 현장 근무 투입 전에 주특기를 알아야 하는데, 본인 특기가 무엇인지 모르겠다. 이거 경찰 옷만 걸친다고 경찰이 되는 게 아닌데 큰일이다.

내가 보는 다른 사람들의 모습처럼, 남들에게 보이는 내 모습은 어떨까 궁금하다. 경찰로서 역할을 충분히 해낼 것 같은 사람으로 보일까? 아니면 저런 사람이 어떻게 경찰을 할지 궁금해할까? 실무 교육을 받다 보면, 충분히 해낼 것 같기도 하고, 어떨 때는 잘 해낼지 걱정되기도 한다.

남의 속마음을 모르니까 알 수 없는 노릇이지만, 뭐 비슷한 마음일 거라고 생각하며 스스로 위로한다. 나는 할 수 있다. 그럼, 할 수 있구 말구, 해야만 한다. 주문을 걸어 자기 암시를 한다. 이렇게 나약한 마음을 바꿔 주기 위해서 경찰의 길로 오게 되었는지 모른다. 하늘에 계신 조상님께서 여린 자손을 이 길로 인도하셨는지도 모른다. 경찰관의 옷이 몸을 보호해 주니까 이 길에서 담대하게 살아가라는 조상님의 뜻에 의해서 이 길을 걷게 하신지도 모른다. 이 교육이 끝나면 세상 밖으로 나가는 첫걸음이 되는 것이다. 솔직히 두려움도 있지만 내 자신은 내가 이끌어 가는 것임을 마음에 다지고 또 다져 본다.

하늘에 계신 어머니께 기도드린다. 여기까지 오게 된 것이 어머니 은혜라고 생각한다. 향년 서른둘에 어머니가 하늘나라로 떠나셨다. 겉으론 평온한 집 아들처럼 살았지만, 내면은 외롭게 자랐다. 친할머니도 일찍 돌아가시고, 새할머니의 자리가 수없이 바뀌다 보니 할머니 정을 모른다.

할아버지는 새할머니와 살기 바쁘고, 아버지는 새어머니와 맞춰 살기 위해 나를 살펴 줄 겨를이 없었다. 사계절 내내 찬 바람 부는 집안에서 인형처럼 살아야 했다. 나이 어린 고모 삼촌이 생기고, 친동생 네 명 말고도 또 다른 동생이 태어났다. 아기 삼촌이 울면 잘 돌보지 않는다고 할아버지한테 맞았다.

동생들이 싸우면 잘 돌보지 않는다고 아버지가 때렸다. 큰삼촌은 이유 없이 산에 끌고 가서 아무도 모르게 때렸다. 늘 어머니가 그리워서 속 울음을 운 날이 많았다. 그렇게 성장하다 보니 기氣 없는 성격이 되어 버렸다. 말 잘 듣는 아이, 말 없는 아이로 살았다. 어디 서도 의견을 말해 보지 못하고 살았다. 그래서 더 이상 애처롭지 말라고 하늘에 어머니가 나를 경찰의 길목에 세워 놓으셨나 보다.

경찰 교육을 받으면서 배우면 배울수록 아는 것보다 모르는 것이 훨씬 더 많다는 걸 알게 되었다. 배우면 배울수록 더 배워야 한다는 걸 배우는 애매함이다. 우물 안 개구리가 밖에 나와 처음으로 미나리 밭을 뛰어다니는 기분이 이런 걸까! 가도 가도 끝없는 미지의 세상에 대한 호기심 한쪽 어디선가 불쑥 두려움이 뛰쳐나올 것 같다.

산지라고 해서 전부 산지만 있는 게 아니라고 했다. 거기도 뜻밖의 평지가 있고 낭떠러지가 있고 습지가 있다고 했다. 그렇다면 평지라고 해서 전부 평지가 아니라는 말도 된다. 평평해 보여도 역시 늪지대가 있을 테고 수렁도 있을 것이다. 세상 어느 곳이나 알 수 없는 미래가 기다리고 있는 법이다. 서로 다른 삶을 사는 동안 화합하다 부딪치고, 부딪치다 다시 화합하는 게 인생살이니 닥치는 대로 헤쳐나갈 수밖에 지금 무슨 명확한 대안이 있을까!

　잠시 명상의 시간에 여러 가지 생각에 잠겨 있는데, 옆에서 코를 고는 교육생이 있다. 부럽다. 거침없는 모습이다. 태연자약하고 담대한 팔자다. 본받고 싶은 심리다.

첫 출근

첫눈처럼, 첫사랑처럼, 첫 출근을 얼마나 기다려 왔던가!

마침 서설이 내리고 있었다. 반짝반짝 구두를 닦고 일찍 집을 나선다. 밤새 설렘과 얼마간 두려움으로 잠을 설치긴 했지만, 막상 집을 나서는 순간엔 오히려 덤덤하다.

본서에서 동기들과 서장님께 간단한 발령 보고를 하고 첫 부임지 정수 지서까지 가는 데 대략 한 시간 정도 걸렸다. 버스를 타고 가는 내내 버스 안 사람들의 시선이 느껴진다. 자랑스러운 경찰 복장이 어색하다. 옷차림을 자꾸 보게 된다. 착각인지 모르겠지만 사람들이 멋있게 바라보는 느낌이다.

정수면에는 고등학교 친구들이 몇 명이 살고 있다고 들었다. 아무튼 고향 집과 멀지 않아서 낯설지 않은 건 다행스럽다.

정수 지서에 도착하니 오전 10시다. 살짝 가슴이 두근거린다. 직원 두 분이 있고 소사가 돌아다니다가 먼저 미소를 보낸다. 지서장님이 자리에 앉아 계신다. 들어서자마자 거수경례로 발령 보고를 드리니까, 인자한 미소를 지으며 답하신다.

"응~ 그려~ 오느라~ 수고했어. 저기 저쪽 자리 앉어. 일은 차차 배우면 되는 거고, 여긴 조용헌 동네여. 잘 왔어."

지서장님 모습이 이상적인 아버지같이 푸근한 인상이다. 첫 근무지는 선배가 아주 중요하다며 차석님에게 이것저것 잘 가르쳐 주라고 말씀하시더니 밖으로 나가신다.

직원 두 분이 계시는데 한 분은 젊고, 한 분은 연배 있어 보인다. 얼핏 보기에 키가 크고 나이가 든 사람이 차석님인 줄 알았는데, 어깨에 붙은 계급장이 아니라고 알려 준다. 서른쯤 보이는 경장이다.

꼼꼼하고 착실할 것 같은 차석님과 뭔가 내공이 있어 보이는 늙은 순경 사이에 나 김 순경이 서 있다. 차석님과 선배 순경에게 인사를 드리고 몇 마디 주고받았다. ㄱ자로 놓인 책상 한쪽을 배정받고 소지품을 정리한다. 볼펜 두 자루, 메모지 하나, 공책 하나, 일지 하나. 간단하다.

그제야 사무실을 자세히 둘러 본다. 가운데 연탄난로가 있다. 방위병이 연탄을 들고 오더니 나를 보고 칼각 인사를 한다. "충성" 거수경례를 한다. 군 제대 후 처음 받는 인사다. 흠, 기분이 괜찮다. 방위병이 연탄을 후다닥 갈고 나서 연탄재를 들고 뒷문으로 나간다. 바닥에 검고 하얀 연탄재가 지저분한 게 눈에 거슬린다. 치우고 싶다.

난로 주변이 연탄재뿐만 아니라 전체적으로 지저분하다. 뭐라도 해야 할 것 같아서 빗자루를 들었는데 차석님이 말한다. 그런 건 사환이 하니까 안 해도 되고, 일단 면사무소에 가서 면장님께 인사드리라고 한다. 아, 관내 어른께 인사드리는 거구나! 생전 처음 공직에 들어섰으니 아무것도 모르는 게 당연하지. 지서에서 면사무소까지 200m 정도 된다면 걸어가도 되겠는데, 걸어가지 말고 자전거를 타고 가라고 한다. 지서 문 앞에 자전거가 있다. 하나는 신사용 새 자전거고, 하나는 오래된 자전거고 하나는 언제적 물건인지 아예 먼지가 뽀얗게 쌓여 있다.

차석님이 새 자전거를 타고 다녀오라고 한다. 그런데 그 자전거로 조금 이따 순찰해야 하니까 일찍 오라고 한다. 자전거 한 대로 순찰 돌고, 볼일도 보고 한다니 약간 의아하다. 자전거로 비포장길을 달려서 마을 순찰 한 바퀴 돌고 오면 엉덩이가 얼얼하고 온몸이 쑤시고 그런다는 말이다. 이해가 되면서, 앞으로 그렇게 해야 한다는 생각에 걱정된다.

면장님 면담

면사무소는 지서보다 열 배는 커 보였다. 정문에서 들어가는 거리가 압도적으로 크고 길다. 사무실에 들어서니 여직원이 배시시 웃으면서 어떻게 오셨느냐고 묻는다. 왠지 뻘쭘하고 부끄럽다. 태연하게 자세 잡고 새로 발령받은 김 순경이라고 말하면서 면장님 계신 곳을 물었다. 예쁘지는 않지만 상냥한 여직원이 2층으로 안내한다.

면장님께 인사를 드렸다. 면장님도 푸근한 아버지 같은 느낌이다.

"오늘 발령받은 김 순경입니다."

말이 떨어지기도 전에 "앉어 앉어요. 음~ 몇 살여?"

"스물여섯입니다."

"음~ 스물여섯! 아~이고, 장하네, 음~ 우리 아들하고 동갑인디~ 우리 아들은 백수인디~ 참 김 순경 장허네 그려! 응 장혀. 첨이지! 응~ 여긴 말여~ 응~, 저~기 관내도 좀 한번 봐봐!"

요기, 요기, 요기, 요기, 요기, 요기, 요기, 요기.

이렇게 자연부락, 여덟 개 부락을 손가락으로 일일이 짚어 주신다. 그리고 동네마다 옛 이름이 있다면서 하나하나 설명하신다.

브리핑 같기도, 잔소리 같기도, 중요한 이야기 같기도 한데, 매우
졸립다.

가급적 빨리 인사드리고 오라고 한 차석님의 말이 생각난다. 어
떤 타이밍에 일어설지 재고 있는데 말씀이 계속된다. 삼국 시대
에는 여기가 마한이라는 부족 국가였는데, 백제 때 사촌면이 되
었고, 통일 신라 시대에 신읍면이 되었고, 고려 때 어찌 되었고,
1895년에 비로소 지금의 명칭 정수면이 되었다는 말씀이다.

면장님은 말씀 중에 응~ 응~ 자체 추임새가 있는 특징이 있
다. 우리 면장님 명패를 보니, 정전형 면장이라고 쓰여 있다. 정수
면의 정 면장님, 장수하실 것 같은 정 면장님, 정장 입은 면장, 이
름이 입에 착착 붙는다. 그나저나 언제 말씀을 끊고 일어서나 초
조해지기 시작하는데, 불쑥 지서장님이 들어오신다. 옳다구나 지
금 가면 되겠다 싶은데 차 한잔 마시고 가란다. 이번엔 지서장님
까지 합세해서 마시고 천천히 가라고 하신다. 호병계 여직원이 커
피 세 잔을 가지런히 놓고 나간다. 후다닥 마시고 얼른 일어나고
싶은데, 커피가 너무 뜨겁다. 원래 뜨거운 것은 못 먹는다. 커피
맛이 아니라 죽을 맛이다.

면담을 마치고 돌아오니 지서에 차석님 혼자 앉아 있다. 혹시
늦게 온 건 아닌가 슬쩍 눈치를 봤지만 무표정이다. 무엇을 해야
하나 기다리고 있는데 점심 먹으러 가자고 한다. 점심시간인가 보

다. 그러고 보니 배가 고프다.

차석님은 원래 점심 저녁 도시락을 싸 가지고 다닌다. 오늘은 김 순경을 위해서 중국집에 가서 짜장면을 먹자고 하는 것이다.

짜장면을 먹으면서 차석님이 근무보다 준비해야 할 것을 알려 준다. 먼저 밥 먹을 곳을 정해야 한다. 비번 때 잠잘 곳을 정해야 한다. 하숙을 정하든지 자취를 하든지 해야 한다. 근무한 다음 날부터 생활할 주거를 정해야 한다고 말한다.

그러고 보니 그런 생각을 안 했다. 안 했다기보다 못 했다. 당장 입을 속옷, 양말, 세면도구만 챙겨 넣고 달랑 들고 왔지, 근무 다음을 생각하지 못했다. 식사하는 동안 내내 걱정하는 모습을 봤는지, 당분간 지서 숙직실에서 며칠 지내면 되니까 천천히 찾아보라고 한다. 자기도 몇 곳 알아봐 줄 테니 너무 걱정하지 말라며 안심시켜 준다.

식사 후 지서로 돌아와서, 사무실 현황을 설명해 준다. '선진 조국 창조, 정의 사회 구현'이라는 국정 지침 액자와 국기가 걸려 있고, 경찰청장 지침, 경찰서장 지침이 주렁주렁 붙어 있다. 김 순경이 사용할 캐비닛이라며 지정해 주는데, 철 문짝을 여닫을 때마다 빡빡 소리가 나고 덜컹거리며 어렵게 생겨 먹었다. 차석님 케비닛을 여는데 소리가 안 난다. 새것인가 보다. 좋은 것 같다.

캐비닛 지정이 끝나자 지서 뒷문으로 안내한다. 지서 뒷문으로 나가니까 지서장 관사가 있고, 옆으로 예비군 무기고가 있다. 이 무기고는 방위병들이 매일 주·야간 세 명씩 지키고 있는데, 그다지 하는 일이 없다고 한다. 유일하게 쓸모 있는 일이 청소하는 것과 빈 총 닦기다. 눈 오면 눈 쓸기, 풀 나면 풀 뽑기, 각자 도시락 먹기, 가끔 지서 대청소할 때 도와준다고 한다. 그래서 나온 말인가!

북에서 남침을 못 하는 이유 중 하나가 방위 위력을 몰라서라는 개그 소재가 있던 시절이다. 그래도 방위병이 지서 사무실 곁에 있다는 게 든든해 보인다.

방위

　지금이야, 상근이라 해서 특별한 혜택을 입는 자리지만 상근 예비역의 어원은 '방위'에서 출발한다. 초기 방위는 똥 방위라고 불렸다. 몸이 좀 불편하거나 뭔가 결격 사유가 조금 있는 이들이 정규 입대를 못 해서 가는 자리로 평가절하되었다. 그다음은 물 방위라고 불렸다. 물에 물 탄 듯 하는 일에 물러 터진 병역 의무에 대해, 현역 입장에서 부러움과 냉소를 적절히 섞은 용어로 본다. 나중에는 꽃 방위라고 불렸다. 지극히 정상적인 몸에도 불구하고 군대를 가지 않는 특혜자, 집에서 어머니가 해주는 밥 먹고 출퇴근하는 꽃길을 걷는 군 수혜자를 지칭하는 말이다. 지금은 선망의 자리로 본다.

　당시 방위병 업무는 예비군 무기고를 지키는 것, 훈련 통지서 전달하는 것 등이었다. 일부는 현역병과 같이 해안 초소 초병 근무도 했고, 지역 부대 5분 대기조로 있어 현역 못지않게 힘든 곳도 있었다. 그러나 소위 빡쎈 군대 생활을 한 또래 입장에서 볼 때, 동급으로 인정하기 어려운 게 사실이다.

　지금도 상근 예비역의 근무 내용은 현역병에 비할 바 없이 수월하게 평가되고 있다.

나는 어쩌다 하사관이 되었다. 입영은 모두가 집결하는 논산 훈련소에서 시작되었다. 남들 하는 기본 훈련 마칠 무렵 특기자를 발굴한다며 훈련병 이름을 불러 댔다. 본인 의사 그런 건 없다. 선발된 훈련병들은 트럭에 실려서 어딘지 모르는 장소로 옮겨졌다. 여산 부사관 포병 학교라고 했다.

포병 학교 하사 교육이 한창일 때다. 한여름 뙤약볕이 쨍쨍거리는 연병장에서 짐승처럼 이리 구르고 저리 구를 때 저 멀리 나무 그늘에서 놀고 있는 방위병들을 봤다. 교육 중인 우리는 타는 갈증으로 곧 죽을 것 같은데, 그들은 물을 마시면서 유유히 놀고 있었다. 이건 어떤 계급사회인가?

내 꼴이 형언할 수 없이 괴롭고 비참했다. 그들이 얼마나 부러웠던지, 다음 세상은 방위병으로 태어나고 싶었다.

우여곡절의 훈련을 마치고 하사 계급장을 달고 보니 마음이 달라진다. 고된 시간은 망각의 세월 속으로 사라지고 하사 계급은 영원히 남았다. 그래~ 포병 하사는 아무나 하나~!

지독한 훈련의 결과물이다.

1980년 김 순경 이야기

근무일지

근무일지는 차석님이 짜고 지서장님이 사인한다.

직원은 지서장님 포함해서 네 명이다. 실제는 지서장님 빼고 세 명이다. 셋이서 당, 당, 비근무. 주야 불문하고 두 명이 근무하는 체제니까, 이틀 밤낮을 근무하고 하루 비번 휴무다. 한 번을 차석님과 근무하고, 한 번을 두목처럼 생긴 고참 순경과 짝을 이뤄 근무한다. 내가 비번일 때 차석님과 두목 순경이 근무를 하는 근무 일지다.

차석님은 조용하고 자기 할 일을 꼼꼼하게 하는 성품이다. 근무 시작 전에 책상 정리부터 깨끗하게 하고 늘 뭔가 보거나 쓰거나 읽고 있다. 시간에 맞춰서 점심을 먹고, 외근 시간에 맞춰서 순찰을 돌고 돌아온다. 밖에 나갈 때도 복장 단정에 구두 한번 닦고 모자 쓰고, 거울 보고 꼼꼼하게 확인한다. 자기 근무 시간에 이유 없이 나가거나, 남에게 일을 미루지 않는다. 필요한 말 외에는 그다지 말이 없는 편이다. 사소한 내용도 모르는 걸 자상하게 알려 주면 그뿐이지, 잘한다 못한다 말이 없다. 배울 점이 많은데 조금 다가가기 어려운 품성이다.

자석식 전화기가 두 대 있다. 하나는 관내 일반 전화고 하나는 본서와 지서 파출소 간, 직통 전화인 경비 전화다.

일반 전화는 신고 전화를 받는 전화다. 사건이나 사고 발생 시 걸려 오는 긴급 전화기 때문에 벨이 울리자마자 즉시 받는 게 원칙이다. 그런데 전화 받는 게 아직 어색하다.

"감사합니다. 정수 지서 김 순경입니다. 무엇을 도와 드릴까요?"

빠르고 절도 있는 목소리로 분명하게 해야 하는데 어설프다. 차석님이 이런 모습을 웃으면서 몇 번 시범을 보여 주신다. 목소리도 각 잡는다고, 차석님은 세련되게 잘 받는다. 일반 전화나 경비 전화나 똑같은 목소리와 패턴이다.

김 두목은 "에~~ 정수 지서입니다" 하고 만다. 이런 걸 여유롭다고 해야 하는지, 느슨하다고 해야 하는지, 그다지 본받고 싶지는 않다. 일반 전화는 그렇게 받는데, 경비 전화는 칼각을 잡고 받는다. 아무래도 경비 전화에 신경이 더 쓰인다는 의미다. 생각보다 일반 전화에서 긴급 전화가 별로 없는 편이다.

만약 누군가가 평상시 지서를 자세하게 들여다본다면 어떤 판단을 할지 궁금하다. 경찰이 하루 내내 일 없이 노는 모습으로 보일 수 있겠다. 언제 올지 모르는 전화를 지키고 있는 모습이, 마치 묶여서 집 지키는 강아지처럼 보일지 모른다. 종일 아무 일 없을 때, 지서 경찰 존재는 의미 없어 보인다.

세상 사람들은 매일 매 순간 먹고사느라, 눈코 뜰 새 없이 바쁘게 움직이는데, 시골 지서 직원들은 날마다 놀고먹는 느낌으로 볼 수 있다. 의미 없는 존재 같지만, 지서가 없으면 어떤 일이 벌어질 것인지. 혼란이 예상되기에 존재하는 것이다.

지금 걱정되는 건 이렇게 조용히 있다가 어려운 일이 생겼을 때 어떻게 해야 할지 모른다는 것이다. 직원이 함께 있을 때는 괜찮은데, 아무도 없이 혼자 있을 때 사건이 생기면 어떻게 대처해야 할지 걱정이다. 세련된 처세술을 익혀야 하는데 하루 이틀에 익숙하긴 어렵겠다. 경찰은 사건이 없어도 언제나 또렷하게 깨어 있는 정신이 요구되는데, 몸이 나른하다.

두목 순경과 근무할 때는 더 불편하다. 김 두목은 스스로 정리하는 게 없다. 열댓 살 먹은 소사에게 온갖 사소한 심부름을 다 시킨다. 뭘 사 와라, 뭘 가져와라, 빨리빨리 해라. 출근해서 하는 일이란 게 소사에게 욕설이나 잔소리 말고, 뭘 하는지 모르겠다. 일단 사무실에 가만히 붙어 있지 않는다.

자기 근무 시간인데, 입에 붙은 말이 '잠깐 나갔다 올게'다. 무슨 일 있으면 어디 어디, 한두 곳으로 전화하라고 하며 하루 종일 돌아다닌다. 다행히 큰일이 없이 지나가긴 한다. 하지만 혼자 있으면 언제 울릴지 모르는 전화 때문에 꼼짝 못 하고 사무실에 매여 있다. 화장실 한번 다녀오려면 방위병에게 사무실을 맡기고 부탁

하고 다녀오는 지경이다. 근무 시간이 지정되어 있지만, 나 혼자 근무하는 거나 마찬가지다.

　담배 한 대 피우는 것도 짬을 봐서 나간다. 재수 없으면 잠깐 사이에 신고 전화가 들어올 수 있고, 경비 전화라도 오면 큰일이다. 두목 순경하고 근무하는 것보다 방위병하고 근무하는 게 차라리 낫겠다.

하숙

정수국민학교 앞에 하숙집을 구했다. 학교 선생 세 명이 그 집에 밥 붙여 먹고 있었다. 선생 둘은 점심만 먹고 선생 한 분은 하숙을 하고 있다고 했다. 여주인이 작은 방 하나에 세 끼 밥을 먹는 조건을 말한다. 하숙집 주인이 아가씨라고 소개받아 솔직히 기대했는데 대면하고 보니, 아니다. 얼른 기대를 접었다. 누가 봐도 푸짐하고 오래된 아주머니다. 세상살이 익숙한 냄새가 풀~풀 났다. 일사천리로 말을 한다.

"자~ 들어 봐유, 김 순경님. 짜장면 한 그릇이 500원이쥬? 백반 한 상에 800원이쥬? 우리 집은 하숙집이니께 한 끼 700원으로 할께유. 자~ 봐유~ 김 순경님 700×3 허면 얼마유? 2100원이쥬? 2100원×30 허면 얼마유? 63000원이쥬? 여기다 방세 10000원 하면 합이 7만 3000원인디, 안 먹는 날 사나흘 있을 수 있슈. 그런 것까지 다 감안해서 매달 7만 원으로 해유. 저기 오 선생님도 7만 원에 하숙하구 있어유. 우리 집 음식 맛은 면 사람들이 다 인정해유, 맛 걱정은 붙들어 매유!"

후다닥 셈법이 괜찮다. 설마 순경에게 바가지 씌우랴!

이렇게 하숙집이 정해졌다.

한 달 지나고 보니 하숙집에서 잠을 잔 날이 세 번이고 밥은 열 번도 못 먹었다. 근무 자체가 밤낮으로 근무하고 비번 날은 집에 가다 보니 하숙집에서 잠잘 일이 거의 없다. 밥도 그렇다. 밤새 근무하고 나면 아침때를 놓치기에 십상이고, 가끔 사 먹고 얻어먹고 하다 보니 하숙 밥은 어쩌다 점심뿐이다. 그래도 계약은 계약이니까 대금은 지불했다.

첫 봉급이 나왔다. 첫 월급은 부모님 빨간 내복을 사드려야 한다고 들었는데, 하숙비를 주고 나니까 3만 원 남는다. 본봉이 9만 몇천 원이다. 시간 외 수당이 2만 원 더 나왔지만, 아~ 어떻게 하나! 이것으로 살아갈 일을 생각하나 캄캄하다. 그래서 차석님이 도시락을 싸 갖고 다녔구나! 이제야 이해가 된다. 그래서 두목이 여기저기서 밥을 얻어먹고 다녔구나! 이해해서는 안 되는 대목인데, 충분히 이해가 된다.

속도 모르고 어머니는 첫 달 월급을 보내 달라고 하신다. 앞으로 어쩌란 말인가! 이 급여로 어떻게 생활하고 동생들 용돈이며 뭐 한 가지 해 줄 수 있을까!

호구 조사

차석님이 호구 조사를 말한다. 호구 조사가 무슨 말인가! 처음 듣는 말이다. 경찰종합학교에서 배운 것 같지 않다. 뭔 말인가 호구들을 조사하라는 말인가? 호구들보다 범죄자들을 조사하는 게 맞지 않나? 약자 보호 차원일까? 범죄자들에게 당할지 모르는 호구들을 보호하는 차원에서 조사할 수도 있겠다는 생각이 스쳐 간다.

"그런데 어떻게 호구를 조사하죠?"

차석님이 장부 하나를 준다. 여기 각자 분담 부락이 있고 동네 세대들 일상생활에서 특이사항이 있나 없나 알아보고 기록하는 서류라고 하면서 자세히 설명한다. 이를테면 세대주가 사망했다든지, 이사를 갔다든지, 누가 새로 이사 왔다든지 해서, 면민 수나 여러 변동 사항을 지서 입장에서 알아야 한다는 말이다. 그렇다면 이런 건 면사무소에서 하지 않나? 아니면 면사무소에서 정리한 걸 갖다 쓰면 되지 않나? 묻고 싶은데 말을 삼켰다. 처음에 생각한 그 호구가 아니다. 은근히 쪽팔린다. 하지만 차석님은 그렇게 생각한 줄은 모르는 것 같아서 다행이다.

아~ 그래서 차석님이 툭 하면 면사무소를 갔구나! 차석님은 모든 일을 정석으로 처리하는 것 같았다. 호구 조사만 해도, 면사무소 주민 등록표로 확인하고 외근 시 가가호호를 방문하고, 이장님께 전화로 묻기도 했다. 변동 사항이 있으면 평소 순찰하면서 알아내고 수시로 기록해서 1년에 한 번 정리하는 내용이라 그리 힘들 것 같지 않았다.

덕분에 외근 순찰도 하면서 호구 조사 내용도 확인할 수 있고 이장님들이며 부락 주민들과 인사를 나눌 수 있는 계기가 된 셈이다. 누가 알아? 이렇게 돌아다니다 보면 이쁜 처자를 만날 수도 있을지 몰라! 누군가 초임지가 처갓집 동네가 될 수 있다고 했다. 그래서 외근 나갈 때면 머리도 단정히 하고 구두도 반질반질 닦고, 자전거도 폼 나게 타려고 노력했다.

반면 두목의 호구 조사는 기상천외다. 호구 조사 따로 할 게 없다. 까짓것 하루면 끝낸다고 했다. 촌구석에 변화가 뭐 있어. 이장한테 한두 번 물어보고 내가 알아서 별일 없으면 특이사항 없다고 기록하면 되는 거지, 안 그려?

김 두목 이야기

두목은 원래 서울 출신이고 특수부에서 근무했다고 한다. 무슨 특수부인지 그건 기밀이라 알려 줄 수 없다고 한다. 거기서 윗사람에게 대들었다가, 좌천되어 떨어진 것이 정수 지서라는 말이다. 성질대로 하자면 당장 때려치우고 싶은데, 다른 **빽줄**이 조금만 참고 기다리라고 해서 꾹 참고 있다고 한다. 조만간 본부로 들어갈 거니까 이런 말 아무에게 발설하지 말고, 일 열심히 배우라고 한다. 두목에게 잘 보이면 치안 본부로 끌어 준다는 말이다.

근무하는 날, 밖에 나가지 않으면 김 두목은 말로 때운다. 개뿔 같은 말을 자주 하고, 시작했다 하면 종일 계속한다. 17:1 같은 언제 적 무용담의 주인공으로 각색하기도 하고 가끔 독수리 오 형제 같은 판타지 주인공으로 등장한다. 세상의 흉악 범죄 소탕은 자기 손 거치지 않은 게 없고, 대 간첩 작전도 한두 번 해 본 게 아니다. 여자 이야기도 찬란하다. 놀아본 이야기도 듣기 민망하다. 사건마다 여자 걸치지 않은 게 없고, 여자 때문에 곤란한 경험이 한두 번이 아니다. 그래서 여자라면 질린다고 한다.

그중 한 사례를 이렇게 말한다.

서울에서 마산에 있는 범죄자 하나를 데려오는 임무가 있었다. 이미 잡혀 있던 여자였는데, 두목 혼자 그 여자 피의자를 호송했다는 말이다. 말이 호송이지 대중교통으로 데리고 오는데, 천안까지 오니까 차가 없다. 통행 금지가 있던 시절이다. 하는 수 없이 인근 여관으로 둘이 들어갔다. 도망칠지 모르니 각각 한 손에 수갑을 차고 잠자리에 누웠다지.

"아 그런데 이 여자가 자는 척하다 말고 오줌 마렵다는 거다. 데려가서 오줌을 누게 했지. 그러면 저를 어떻게 건드릴 줄 알았나 봐! 한참 자는데 이 여자가 또 깨우는 거야. 배가 아파 죽겠다고 배를 만져 달라는 거야. 이게 아주 대놓고 몸뚱이로 꼬시는 거지. 그런데 내가, 내가 넘어갈 사람이야? 들은 척도 안 하고 아침 일찍 서울로 데리고 온 사람이야. 이거 말이 쉽지 실제로 당하면 보통 힘든 일이 아니야. 진짜 나니까 그런 걸 다 견디지, 보통 사람 같으면 여관방에서 일냈다구! 안 그려?"

아~~ 이 또라이 정말 뭐 하던 놈인지 궁금하다.

나라시

그동안 조용하던 지서에 싸움 신고 전화가 들어왔다. 차석님과 김 순경의 근무 시간이다. 지서장님께 보고하고 방위병 불러서 직원 올 때까지 지서 지키라 하고, 둘이 출동한다.

출동이라는 말이 거창하다. 지서에서 100m 안 되는 거리다. 현장에 가 보니 싸움은 이미 끝났다. 적당히 터진 사람과 때린 사람이 분명하게 보인다. 터진 사람은 정육점 주인이고 때린 사람은 자가용 나라시를 뛰는 일명 백수건달이다.

이 동네는 택시보다 조금 싼 맛에 나라시를 이용하는 주민이 꽤 있었고, 법적 대상이 되지만 묵인하는 경우도 왕왕 있었다. 나라시 영업은 직접 신고가 들어오지 않는 한 군이 단속하지 않는 게 불문율처럼 유지되고 있었다. 마침 정육점 주인 동생이 택시 영업을 하고 있었고 나라시와 알게 모르게 좋지 않은 감정이 있었나 보다. 택시 손님을 나라시가 채갔나? 정육점 주인이 이것을 보고 문제를 제기했다. 할 말이 없게 된 나라시지만 주먹이 한참 앞선 모양이다. 기분 나빠한 나라시가 두들겨 팬 사건이다.

쌍방 폭행이 아니고 일방통행으로 얻어터진 사건이라 분쟁할 것도 없다. 피해자는 진단서 끊고 입원하고 고소장 내면 되고, 가해자는 입건해서 본서로 넘기면 조서 받고, 지휘받고 뭐 구속까지 될지 어쩔지 모르지만 그렇게 처리하면 되는 일반적인 폭행 사건이다.

그런데 놀라운 반전이 일어난다. 나라시의 형이 왔다. 자기 동생이 사건을 저질러서 지서에 붙들려 왔다니까 온 것이다. 왔으면 자초지종을 들어보고 피해자에게 사과하든지 합의를 시도하는 게 상식적인데, 일반 상식이 무너진다. 형은 동생 나라시를 보자마자 복날 개 패듯이 팼다. 눈 깜짝 사이에 배를 걷어차고 사정없이 내리찍는다. 데굴데굴 비명을 지르는 나라시의 입에서 피 같은 거품이 콸콸 쏟아진다. 지서에서 사람 죽이겠다. 나도 모르게 "이게 무슨 짓이욧!" 버럭 소리를 지르며 서둘러 가로막았다. 엄중한 상황에 차석님이 가만히 귀띔한다.

"너무 걱정 마, 저런 건 쑈여!"

이해할 수 없는 노릇이다. 피해자는 당연지사고 피의자도 지서에서 보호 조치를 해야 하는 걸로 알고 있는데, 차석님은 왜 저리 태연할까! 피가 지서 사무실 바닥에 흩뿌려졌다. 그보다 입에서 피가 많이 나왔는데, 창자가 잘못되는 건 아닌가? 잘못되어 죽기라도 하면 근무자들 잘못이라고 하지 않을까!

나라시가 잘못될 수도 있다는 생각과, 근무자가 책임질 일이 있

을지 모른다는 생각에 불안하다. 하지만 지서장님도 계시고 차석
님도 있으니까 별일 있겠어? 무슨 일이 생겨도 어찌 되겠지. 여러
생각이 한꺼번에 일어나며, 잠깐 혼란스럽다.

　차석님은 두 사람을 이미 알고 지낸 모양이다. 나라시 형에게
담배를 권하면서 동생 데리고 가서 치료하고, 내일 지서로 데리
고 오라고 보낸다. 뭐지? 또 때리면 어쩌라고 보내지? 내일 안 오
면 어떻게 하려고 그러지? 불안불안하다. 잠깐잠깐 궁금한 게 많
기도 하다. 매번 물어보기도 그렇다. 그냥 이렇게 저렇게 알아지겠
지. 그래도 찜찜하다.

　어린 사환이 혼자 청소하는 걸 그냥 볼 수 없어서 사무실 바
닥이라도 내가 닦으려고 대걸레를 들고 나서는데 사환이 저 혼자
할 수 있으니 그만두라고 한다. 방화수 옆에 쌓아 놓은 모래 한
삽을 떠다가 사무실 바닥에 뿌리더니 발로 슬~슬 비빈다. 빗자루
로 쓸어 모아 다시 밖으로 나간다. 대걸레로 쓱쓱 닦으니까 깨끗
하다. 한두 번 해 본 솜씨가 아니다. 바쁠 것도 없고, 짜증 낼 것
도 없고 그렇다. 너무나 자연스럽다.

　차석님에게 저 사람 안 오면 어떻게 하냐고 물어봤다. 만약에
안 오면 가서 데리고 오든지, 잡아 오든지 하는 경우가 있는지,
궁금해서 물어본 것이다. 그러니까 차석님이 내일 오나 안 오나
기다려 보라고 한다. 여러 정황이 이해가 갈 듯 말 듯 하지만 확

실한 건, 별일 아닌 게 분명하다.

　다음 날 나라시와 형이 들어왔고, 사건은 본서로 넘겨졌다. 지서에서 경찰들에게 혼날 것을 대비해서, 걔네 형이 먼저 액션을 했다는 말인데, 과격해도 그렇지 너무 심했다.

양아치론(論)

먹이를 찾아 산기슭을 어슬렁거리는 하이에나를 본 적이 있는가! 짐승의 썩은 고기만을 찾아다니는 산기슭의 하이에나를 의미하는 노랫말이다.

차석님의 말에 의하면, 어제의 그 자가용 나라시를 하는 인물은 일명 양아치라고 했다. 시골 동네지만 양아치가 몇 명 있으니까, 미리 알고 있어야 한다고 말한다. 그는 특별한 직업이 없고 자기 형의 자가용을 가지고 다니면서 놀다가 부정행위를 일삼다가, 밥 먹는 횟수만큼 싸움도 하면서 살아가는 거칠 것 없는 인생이라고 한다. 나라시는 그동안 지서에 수없이 드나드는 인물이라는 말이다.

형은 비교적 열심히 사는데 동생이 그리 속을 썩인다고 한다. 한 배에서 태어난 형제인데 그리 다를 수 있을까! 어제 그 형이 와서 무식하게 두들겨 팬 이유를 알 것 같다. 하나를 보면 열을 안다고, 평소 어지간히 속 썩이는 인물인가 보다. 차석님이 그러려니 내버려 둔 이유도 이제 이해가 된다.

양아치는 1950~1960년대에 흔히 볼 수 있었다고 한다. 길거리 넝마주이나 부랑아를 통칭해서 구걸 걸식 거지, 동냥아치라고 불렀다. 고아들이나 생활고에 던져져 세파에 떠도는 몸이니, 옷 한 가지 변변할 리 없고 예의 있을 리 만무다. 열악한 가정환경과 무정한 사회가 만들어낸 비극이다. 그럼에도 불구하고 개천에서 용 나온다는 말처럼 아주 드물게 양아치 족보에서 입지전적 전설이 탄생 되기도 했다.

예전 양아치는 생계형으로 동정적이었지만, 요즘 양아치는 비열하고 사악한 증상으로 드러난다. 양아치도 여러 부류지만 대강 두 종류로 나누면, 먼저 딱 봐도 양아치로 보이는 경우다. 조잡스러운 문신과 불균형 몸뚱이에다 무지막지한 언행이라 피할 겨를이 있다. 비열 수준이 높은 양아치는 고급 차량에 옷차림이 말쑥하다. 언변이 수려하고, 명함이 보통 사장, 회장이라 얼핏 판단이 쉽지 않다. 순진하거나 요행을 바라는 사람들만 골라 선심 투척하다 최종 목적은 협작질이다.

그래서 딱 봐도 알 수 있는 양아치가 오히려 인간미가 있다.

1980년 김 순경 이야기

원조 양아치

정수면에 전설적 양아치가 있다. 올해 나이는 73세 이름은 H J 허영이다. 수준 높은 최고급 양아치다. 서울대학교의 전신인 경성제국대학에서 법학을 공부한 대단한 학벌이다. 6·25 공산화 당시 괴뢰 앞잡이 노릇 하면서 주민들에게 말로 다 할 수 없는 악행을 저지른 양아치라고 한다. 슬하에 50대 백수 아들 둘과 세 살난 딸이 하나 있다.

당장 세상을 하직한다 해도 누구 하나 섭섭해하지 않을 것 같은 평판이다. 겉으로 보이는 모습은 매우 준수하다. 아는 것도 많고, 말도 많고, 잘 먹고, 잘 입고 잘 산다고 한다. 문제 될 게 없어 보이는데, 문제를 많이 일으키는 요주의 인물이라는 평이다. 경성제국대학교를 나왔다면 말 다 했지, 그렇게 실력 있는 인물이라면, 소리 나는 정치인이 되었거나 판검사가 되어야 하는 게 그럴듯한 장면 아닌가! 그런데 그는 고향에서 지금껏 파락호로 살고 있다. 참 희한한 건 동네마다 이런 양아치가 한둘 있고, 인격 높은 분이 한두 분 계시고, 바보 형이 하나쯤 있다는 거다.

파락호 破落戶 는 예전에 양반 집 자손이 배움이 부족하여 집안 재산 흥청망청 말아먹고 제 몸과 제집과 일가친지에 수모를 주며 사는 쓸모없는 인물을 말한다.

이 동네 원조 양아치 파락호는 나이 마흔이 채 안 돼서 6·25 동란을 맞이했다. 서울보다는 늦었을 테지만 이곳도 빨갱이 세상 이 되었다. 핍박받던 무지막지 무식이들이 완장 차고 날뛰는 무법 천지가 되었다. 양아치 허영도 붙들려 갈 판국인데, 어떻게 해서 공산당 앞잡이가 된 것이다. 어떤 이들은 살기 위해서 부역을 했 고, 어떤 놈들은 정말 빨갱이로 날뛰었다.

허영은 이름 자답게 허영에 날뛰었다. 그야말로 죄 없는 사람을 잡아가서 죽이고 병신을 만드는 데 앞장섰다는 것이다. 얼마나 악 랄하고 집요했던지 다른 지역에 비해서 장수면에서 수난당한 사 람 수가 두 배에 가까웠다는 이야기다. 뿌린 대로 거두는 게 농사 의 이치고, 인생의 이치라고 했다. 쌓아 놓은 게 악행뿐인 양아치 는 수복 후 맞아 죽을 판인데, 잠시 몸을 숨겼다가 몇 년 후 천연 덕스럽게 등장했다.

반공이 국시인 시절에 허영이 갈 곳은 없다. 두 아들도 머리가 좋아서 공부는 곧잘 했던 모양인데, 소용없었다. 공무원은 꿈도 꾸지 못하고, 이름 있는 기업은 신원 조사 한 방에 번번이 낙방이 다. 아비 죄업으로 아들 둘이 갈 곳이 없다. 갈 곳이 없는 것으로 해결되는 게 아니라 앞에서나 뒤에서나 빨갱이 새끼의 새끼라고 손가락질이다.

제 조상 재산 말아먹고 난 다음부터 원조 양아치의 활약이 두드러진다. 먼저 손댄 것이 문중 재산이다. 높은 학식을 문중 재산 빼돌리기에 완벽하게 활용한 것이다. 뼈대 있는 허씨 집안이 양아치 하나 등장으로 문중 재산이 공중분해 된다. 누구도 그에 언변을 당할 자 없고 그에 일 처리를 막을 자 없다.

합법적인 공문서를 완벽하게 만들어, 잘 먹고 살다가 때꺼리 떨어질 만하면 또 한 건을 만들어낸다. 그는 사문서도 완벽하게 만든다. 문서가 완벽하지 않아도 된다. 상대방 말꼬리를 잡아서 협박하거나 포기하게 만드는 마력의 소유자다.

훤칠한 키에 말쑥한 옷차림, 온화한 미소를 지닌 노신사. 老신사인지, NO신사인지, 아무려나 그는 쩨쩨하지 않았다. 버스도 잘 타고 다니지 않았다. 어쩌다 타게 되면 버스 기사에게 팁을 주는 사람이다. 놀아도 돈 많은 사람과 놀고, 만났다 하면 검찰청 사람들이다. 어지간한 동네 자잘한 사건은 허영을 통하면 해결된다는 풍문이다. 일부는 그 앞에 머리를 조아리고 일부는 사람 놈이 아니라고 멀리하는 상황이다.

그러니 똥이 더러워 피하는 게 아니라 더러워서 피하듯이 그의 본색을 아는 이들은 군·관·민을 망라하고 피하는 편이다. 전에 어떤 면장이 그의 불순한 행적을 파헤치고 혼을 내려 시도했다가 오히려 옷을 벗게 된 사연도 들었다. 그는 자기 능력치로 안 되면 청와대에 진정서를 넣고, 넣고, 끝없이 진정서를 넣어서 상대방 진을 쏙~ 빼는 타입이라고 한다. 그러니까 김 순경도 그 인간을 대하지 말고 가급적 피하라는 조언을 들었다. 듣고 보니 떨떠름하고 궁금하고 그렇다.

특별 조치법

1980년 특별 조치법이 나왔다. 처음 이 말을 들었을 때는 긴급 조치 같은 비상 조치법인가 했다. 알고 보니 전국 토지와 소유자 명의를 정리하는 행정 업무의 일환이었다.

잘 모르지만 우리와 상관없으니까 됐다. 행정 공무원들이 꽤나 골치 아플 것 같다. 이런 말 들으면 내가 행정 쪽으로 눈 돌리지 않은 게 다행이라는 생각이다.

그런데, 땅임자가 땅임자지, 뭐 땜에 특별 조치법까지 내놓는단 말이지! 면사무소 재무계장님과 이야기 끝에 물어보니 의외로 복잡하다.

우리나라 전 국토에서 국가 공용을 제외한 모든 땅에는 토지 대장 등본과 실소유자가 딱딱 맞아떨어져야 하는데 그렇지 못하다는 말이다. 실소유자가 사망했을 때, 사망 신고와 함께 토지 명의 문제도 상속이나 증여 매매로 정리해야 하는데 이것을 바로 하지 않는 경향이 있다고 한다. 시골 정서상 아버지 땅에서 그 아들이 농사짓는데 누가 뭐라 할 것 없고, 그 아들의 아들이 이어서 농사를 짓는다 한들 또 누가 말할 처지가 아니기 때문이다.

그러다 매매나 상속 분쟁이 일어났을 때 법정 다툼이 일어나서 협의하에 명의 변경이 될 수도 있고 공중분해 되기도 하고 내면을 들여다보면 아주 복잡하단다. 하여 국가에서 20여 년 주기로 토지 대장 정리를 말끔하게 하려고 특별 조치법을 시행하는 것이라 한다.

이 기간에 조상 땅, 부모 형제간에 물려받은 땅, 실거래 후 대장 정리가 안 된 땅도 가지고 오라. 모든 땅과 문서를 큰 비용 없이 정리해 주니까, 기간 내에 와서 신고만 하라는 공지다. 내 땅 내 이름으로 된 사람까지 다 모여들었다. 자기 논이 밭으로 되었거나, 밭이 논으로 되었거나 밭이 대지로 되었거나, 잡종지를 개간해서 밭으로 되었거나, 지목변경 된 것도 포함해서 정리해 주니까 때는 이때다. 바뀐 것을 다 신고만 하면, 동네 이장과 새마을 지도자 세 명이 인정한다. 형제 자매간 확인만 되면 명의를 확정해 주는 특별 조치법이다. 참으로 획기적이고 대단한 조치다.

이럴 때 내 땅이나 있으면 좋겠다는 생각이 스쳐 지나간다.

재무계 이 양

특별 조치법의 불똥이 우리까지 오게 될 줄은 몰랐다. 하긴 우리 일이 예상대로 일어나는 일이 아니지 않은가! 순리대로 명의가 정리되지 않는 경우 분쟁으로 이어지는데 요란스럽다.

부모가 상속분을 정리하지 않고 돌아가신 형제자매의 싸움이 제일 잦았다. 다음은 종중 재산을 가지고 장난하는 이들이 문제를 일으키고, 글 모르는 이웃의 땅을 문서 조작해서 착취하는 파렴치도 있었다.

부동산 중개사 이전 이름인 복덕방이 있었고, 그마저 끼지 않고 개인끼리 종이쪽지에 땅을 사고팔았다는 식으로 넘어가곤 했다.

"내가 내 논밭에서 직접 농사짓는데 누가 뭐라고 할 꺼여!"

누가 뭐라고 하겠나! 국가에서 장부 정리 좀 하자는 말이지! 안 그러면 사기꾼들은 제철 만난 메뚜기 뛰듯이 들판을 뛰어다니고 날아다니겠지! 그러다 몇 마리 잡혀 오겠지! 우린 또 사기꾼들보고 왜 그랬냐? 진짜 그랬냐고 물어보고, 잘못했으면 잡으러 가고, 그러고 그러겠지! 그래서 그때그때 서류를 해 놔야 한다는 같은 말을 또 하겠지!

상급 양아치 허영과 재무계 이 양 사이에서 불꽃이 튀었다. 재무계 이 양은 정수면 특별 조치법 정리를 위해 군청에서 온 파견 근무자다. 근무 한 달 차에 왔으니까 정수면 대표 양아치를 몰라본 것이다. 허영은 누구와도 한판 붙을 인물이니 놀랄 것 없다.

다만, 신참 여직원이 허영을 어찌 대응한단 말인가! 종중 땅을 다 말아먹어서 더 사기 칠 것이 없을 거라는데 무얼 갖고 왔을까! 재무계 이 양의 말을 들어보자.

"일단 공문서에는 부동산의 표기가 있어야 합니다. 땅 주소죠. 논밭 지목과 몇 평이든지, 몇 평방미터든지 넓이가 있어야 하고, 매매 날짜와 금액, 계약 당사자간 주소, 주민번호 성명이 명시되어야 효력 시점이 되구요, 만약 미비 사항이 있으면 절차대로 이 장님 새마을 지도자, 주민등록상 가족관계 전원 일치 인정서 등 뭐가 있어야 확인하고 법령대로 기록하는 것 아니겠어요?"

그런데 허영은 말도 안 되는 종이쪽지를 들고 와서 명의 변경을 요구했다는 말이다. 그 동네 이장도 이 상황을 인정하지 않았고 누가 봐도 안 되는 것이라 재무 직원 이 양이 안 된다고 했다.

그러니까 바로 허영의 입에서 "이런 싸가지없는 #@$%&" 하며 쌍욕이 날아오고, 책상을 걷어차고 본업으로 돌아갔던 모양이다. 재무계 이 양은 상황에 잠시 놀랐던 모양이고, 잠시 후 맞대응을 했던가 보다. 나는 공무원으로 공직을 수행하고 있다, 적법한 절차에 의해 공무를 수행하는데 당신이 지금 무모하게 공무를 방해하고 있다, 개인적으로 부모를 모독하고 공직자를 인신공격하는 저 늙은이를 공무 집행 방해와 명예훼손으로 고소한다고.

새파래진 얼굴로 지서로 신고했다. 허영도 욕설 부르스에 난장판이 일어났다. "지서장 어딨어! 어? 면장 오라고 혀! 어? 이것들이 세금 처먹고 예의지국에서 으른게 이따위 짓을 혀~~어엉~~? 하~아~ 살다 살다 저런 싸가지없는 년은 처음일세! 내가 낼까지 군수가 빌고, 저년 짤라내지 않으면 청와대까지 갈껴. 썩은 것들은 짤라내야 혀~~! 암! 암! 너 너 잘못 근디렸어? 니 에미 애비가 와서 빌어 두 소용없어~! 암!"

일이 복잡해질 것을 염려했는지, 지서장님이 이 양에게 전화했다. 허영에게 비는 척이라도 해서 넘어가자는 의도다.

이 양이 왔다. 면사무소에서 얼핏 봤지만, 가까이 본 건 처음이다. 허영은 이 양을 보자마자 금세 붉으락푸르락하다. 이 양은 물론이고 면장까지 엎드려서 잘못했다고 싹싹 빌며, 아까 그 문서 정리 잘 해 주면 용서해 줄 수도 있다는 느낌이다. 좋은 게 좋겠다는 생각이라, 모두 이 양의 입만 처다보고 있다. 조금 진정이 된 듯 이 양도 침착한 표정으로 말문을 연다.

"저도 이제 막 공직 생활을 시작하는 입장이라, 모르는 것이 많다고 생각합니다. 모르는 것은 배워야지요. 하지만 이번 일은 모르고 실수하는 것이 아니라 제대로 된 절차를 말씀드린 겁니다. 어르신도 그렇습니다. 몰라서 억지 부린다면 차근차근 설명드릴 수 있어요. 그런데 보세요. 저 어르신이 지금 몰라서 그러시나요? 제가 되는 일을 안 된다고 하나요? 많이 배우고 나이 많이 드셔서 보여주는 언행이 이런 건가요?

이건 어른 애를 말하는 일이 아닙니다. 공적으로 잘잘못을 가리는 일입니다. 지서장님께서 좋은 게 좋다고 사과하시라고 하시는 데 뭘 사과하나요? 잘못된 점이 뭔지 지적해 보세요. 어르신도 그렇죠. 세 살 먹은 딸이 있다면서요. 따님 앞날을 위해서 좋은 아버지 노릇 하세요. 사람들이 피하는 인생 되지 마시구요. 저는 지서장님 얼굴 봐서요, 저 어르신이 사과하면 받고, 아니면 법대로 할 겁니다."

일장 연설을 마친 이 양이 지서장님께 고개를 까닥 인사하고 나가 버린다. 명색이 기관장이고 동네 유지에 어른들이, 어린 이 양의 연설을 듣고 말았다. 허영도 요즘 세상은 애들이 갈수록 싸가지가 없다면서 구시렁거리며 나간다. 아무래도 자기 뜻대로 될 것 같지 않은 모양이다. 우리도 사건 되는 대로 하자고 했다.

차석님이 한마디 한다. 이번에는 허 영감이 물러설 것 같다, 이 양이 보통이 넘어, 누가 데려갈지 궁금하네, 앞으로는 이 양처럼 야무진 직장 여성이 각광을 받게 될 거야!

땅 문제로 종종 분쟁이 일어났다. 주로 소유권에 관해 이해 당사자간 분쟁이 많았다. 어디 형제간에 싸움이 붙었다! 어디서는 제 아버지를 때렸다더라! 싸웠다 해도 자체적으로 해결된 경우가 많아서 사실인지 풍문인지 알 수 없는 내용이다. 어쨌든지 우리 지서까지 신고만 안 되면 다행이다.

이 양과 허영 사건은 더 이상 지서로 가져오지 않았다. 그 뒤 허영이 면사무소로 가서 몇 번 더 분탕질했다는데 때마다 어린 이 양에게 망신만 당했다는 후문이다.

"야~ 하룻강아지 범 무서운 줄 모르고 까불면 죽는다?" 하면

"하룻강아지는 범도 모르고요, 쥐새끼도 못 알아봅니다요!"

"뭐라구? 그럼 내가 쥐새끼란 말여! 말 다 했냐?"

"어르신 보고 쥐새끼라 했나요? 쥐새끼 보고 쥐새끼라고 했지!"

"두고 보자!" 하면 "네. 두고 보자구요. 아무렴 제가 오래 살겠죠!"

"에미 애비도 없냐?" 하면 "어르신은 에미 애비 계신가요? 저는 어머니 아버지 다 계신데, 어르신보다는 훌륭합니다요."

이런 식이다. 그동안 누구도 건드리지 못하는 오염을 이 양이 맘껏 놀리다 군청으로 복귀하면서 일단락되었다.

노 차석과
김 두목의 다툼

평소와 같이 주간 근무 출근했는데, 지서가 요란하다. 어젯밤 사이에 사건이 생겨서 그런가 했는데, 웬걸 집안싸움이다.

차석님과 두목이 근무했는데 뭔가 문제가 생겼나 보다. 김 두목이 근무를 대충 했거나 차석님에게 무례했을 듯하다.

두 사람이 으르~렁~ 현재 진행형이다. 어디서 그런 우렁찬 목소리가 나오는지, 평소보다 두세 배는 더 큰 목소리로 차석님이 고함친다. 보자 보자 해도 끝이 없고, 해도 해도 너무하기 때문에 근무 원칙에 입각해서 처리할 거란 말이고, 두목은 마땅히 할 말은 없는데 그냥 기분이 더러운지 때려치운다면서 잡히는 대로 집어 던지면서 소리소리 질러 댄다.

용쟁호투龍爭虎鬪라고 해야 어울릴지, 용호상박이라고 해야 어울릴지 모르겠다. 지서에서 싸움이 일어나면 누가 말리고 어디로 신고해야 하나? 이것 참 난감하고 곤란한 일이다.

원칙주의 차석님과 두목 순경은 진작에 분란이 일어날 만했다. 눈속임과 억지는 당장 속일 수 있지만, 진실은 변함없는 진실이며 부정은 변함없이 부정한 것이라, 결국 진실에 의해 적발되는 것이다.

나야 뭐, 쫄따구니까 온종일 혼자 근무해도 말 못 하고, 화장실 갈 시간조차 없이 근무해왔다. 하지만 차석님에게는 용납되지 않는 사항이다. 아무리 두목이 짬이 많다 해도 계급에서 밀리고 직급이 하급인데, 넘어갈 일인가!

지난밤, 밤샘 근무에서 두목이 놀다 온 모양이다. 게다가 술까지 걸치고 들어왔단다. 열 받은 차석님이 근무지 이탈로 본서 경무과에 보고했다고 한다. 지서장님 입장도 난처해졌다. 차석님은 김 두목을 바로 잡지 않은 지서장님께도 불만이 쌓였다. 경무과장이 청문 감사관을 내보낸다는 전문이 오자 지서가 발칵 뒤집힌 것이다.

지서장님 관사가 바로 뒤에 있는데, 이 소란이 안 들리는 것인지 지서장님은 출근하지 않으셨다. 대충 상황은 알겠지만 누굴 어떻게 말려야 할지, 편 들어야 할지 모르겠다. 앞문으로 들어가지 않고 뒤로 빙~ 돌아서 예비군 무기고를 지키고 있는 방위병을 불렀다.

싸움판을 종식시키는 가장 빠른 방법은 제압과 분리 조치다. 지서라고 별수 있나! 두목도 순순히 제집으로 돌아갔다. 방위들이 사무실을 정리한 후, 지서장님이 들어오셨다. 차석님이 보고하도록 밖에 나왔다.

한바탕 회오리가 지나갔지만, 근무는 변함없이 진행되었다. 김두목이 어디로 날아갈 줄 알았는데, 날아가지 않고 계속 근무하는 게 이상도 하다. 하긴 여기로 날아온 지 얼마나 되었다고 또 날아다닐 수 있겠나! 그렇게 시끌벅적 싸웠는데, 함께 근무한다는 것도 그렇다. 두목은 징계 치고는 애교에 불과한 견책으로 끝났다. 견책은 징벌 중에서 가장 가벼운 훈계다. 본인에게는 다행일지 몰라도 차석님 쪽에서 한참 불만일 것 같다.

두목도 한풀 꺾이긴 했다. 때려치우니 어쩌니 길길이 날뛰던 인물이 얌전히 사무실을 지키고 앉아 있다. 그러다가 몸이 쑤시는지 밖을 내다보며 혼잣말을 가끔 한다. 웅얼웅얼거릴 때도 있고, 곁에 있는 사람 들으라는 듯이 큰소리를 질러대기도 한다. "아~ C, 어이~ C. 주로 CC거리다 말다 한다. 그 인물과 함께 근무한다는 게 보통 고역이 아니다.

귀머거리 삼 년, 벙어리 삼 년, 봉사 삼 년이라는 옛말이 생각난다. 발령이 언제 날까? 어디로 발령 날까? 보내 달라는 대로 나는 걸까? 가라는 대로 가는 걸까? 한 인간하고 또 근무하는 참사도 있을까!

갑자기 발령에 대해서 궁금해진다. 모르는 건 물어봐야지. 궁금한 점도 물어봐야지. 하지만 모른다 해서, 궁금하다 해서 전부를 물어볼 수가 없다. 어떤 것은 스스로 알아볼 필요가 있고, 어떤 것은 그런 것도 모르느냐 할까 봐 부끄럽기도 하고 해서, 전부

다 물어보기 어렵다. 누울 자리를 보고 발 뻗는다고~ 질문도 하고 싶은 사람이 있다.

차석님은 자기가 아는 대로 자세히 알려주는 편이다.

두목은 무지하게 말을 많이 하는데 정확하게 업무 내용을 알려주는 게 아니라, 대충 껍데기 이야기만 한다. 알아듣지 못하겠다. 빈 수레가 요란하다는 말이 이런 걸까! 빈 깡통이 소리를 요란하게 낸다는 말도 이런 경우 같고, 하여튼 말이 많은 것 치고 쓸 만한 말이 없는 건 사실이다.

발령이 한 번 이루어지면 기본 근무가 6개월이고, 통상 1년이면 다른 곳으로 옮길 수 있다고 한다. 가고 싶은 부서가 있으면 경무과에 지원하고 기다리면 된다고 한다. 원하는 곳으로 갈 수도 있고, 아니 갈 수도 있고, 아무 데나 떨어질 수도 있고, 다른 지역 어디론가 멀리 날아갈 수도 있다는, 들어보나 마나 한 이야기다.

자살 신고

정수 지서에서 근무한 지 4개월 차, 그동안 큰일은 없었다. 이웃끼리 다투다 말거나 집안싸움, 오토바이나 경운기 등 가벼운 교통사고 정도지, 큰 사건은 없는 편이다. 몇몇 인간 빼놓고는, 물 좋고 경치 좋고 인심 좋은 고을이 맞다.

이렇게 조용한 마을에서 자살 사건이 신고됐다. 저녁 무렵이다.

자연부락 종촌으로 들어가는 길목 삼거리 뒷산에 목을 맨 사람이 있다고 동네 주민이 숨을 몰아쉬며 지서로 달려왔다. 지게 작대기 할 만한 나무 찾으러 산에 올라가는데, 산 중턱 큰 소나무에 목을 맨 사람이 있더라! 아~ 여자 같다! 아~ 빨리 가자~!

차석님과 근무조다. 자전거를 타고 달렸다. 먼 거리가 아니다. 한 번 순찰 갔던 동네 입구다. 신고자가 알려 주는 대로 산으로 올라가니까, 저 멀리 목을 맨 사람이 나무에 달려 있다. 한눈에 봐도 여자다.

차석님이 신고자 집이 어디냐고 물어본다. 저~ 아래 두 번째 함석집이 자기 집이라고 한다. 가자고 한다.

"김 순경, 여기 잠깐만 있어. 낮이 있어야 목줄을 끊어 내지 나못가지가 너무 높아서 맨손으로는 못하겠어."

날은 점점 어두워져 간다. 지척이 보일 듯 말듯 컴컴하다. 다른 건 잘 보이지 않는데 매달린 시신만 눈에 확 들어온다.

축~ 늘어진 머리와 팔다리, 헐렁한 바지는 반쯤 흘러내려 마구 잡이로 펄렁거린다. 움직일 때마다 움찔움찔 무섭다.

차마 볼 수 없어서 앞에 서 있으면 시체가 발로 찰 것 같다. 옆에 서 있으면 옆으로 날아 차기 하는 것 같아 후들거린다. 으~ 으~ 우리 차석님 빨리 오셔요! 무서워 죽을 것 같으요오오~

후덜덜 기다림 끝에 차석님이 오신다. 한 손에 후래쉬, 한 손엔 낫을 들고 달려오신다. 천지신명께 감사하다. 주민과 합심하여 나무 위로 올라가 줄은 끊고 시신을 내려놓았다.

차석님이 말한다. "김 순경, 여기 잠깐만 기다려. 사무실 가서 본서 감식반에 보고하고, 카메라 가지고 와야겠어."

"아닙니다. 제가 빨리 다녀오겠습니다." 하니까, 차석님이 "아녀, 내 캐비닛에 카메라가 있고 열쇠가 내 책상에 있어 내가 다녀오는 게 빨라, 잠깐만 기다려!"

잠깐만 기다려! 잠깐… 잠깐……. 으~아아~ 어쩌란 말인가!!!

나무에 매달린 시신과 바닥에 누워 있는 시신 중에서 어느 게 더 무섭냐고? 묻지 말라. 다 무섭다. 너무 무섭다.

컴컴한 야산에서 시신과 일 대 일로 함께 마주 서 본 사람이 있으면 나와 봐라. 아무런 보호 장치 없이 누워 있는 시신을 바라보는 심장이 벌렁벌렁거린다. 간이 떨어져 밖으로 나올지도 모르겠다.

사체가 쳐다보면서 벌떡 일어날 것 같다. 미쳐 버릴 것 같은 순간에 백만 대군 지원군이 달려왔다. 근무도 아닌데 김 두목이 달려왔다. 이 인간이 이렇게 반가운 건 처음이다. 차석님이 오시고 인근 주민들도 하나둘씩 올라왔다. 진작들 좀 오시지. 잠시 후 본서 감식팀도 도착했다.

"김 순경은 이제 사무실로 가." 차석님의 말씀이다.

얼마나 고마운 말씀인지 감격스러웠다. 자전거를 타지 않고 끌고 오는데도 빛의 속도가 나온다. 사무실이 아늑하게 보인다.

무슨 시였더라~ 머나먼 인생의 뒤안길에서 이제는 돌아와 거울 앞에 선 기분! 실제로는 아무것도 한 일이 없다. 그런데 머언 폭풍우 속을 한바탕 돌고 온 기분이 들었다.

사망자는 동네 주민이었다. 재혼 가정으로 오래전부터 불화가 깊었고 몸이 아팠다고 했다. 죽기 전날 부부 싸움을 하고, 잠깐 나간 줄 알았는데 자살했다고 한다. 사연은 그렇지만 막상 젊은 시신을 목격하니까, 처음에는 한없이 무서웠고, 나중에는 매우 안타까웠다.

1980년 김 순경 이야기

누구나 세상에 나왔을 땐, 부모의 축복과 사랑 속에서 자랐을 것이고, 행복하게 살고 싶은 본성이 있는 것 아닌가! 그런데 스스로 삶을 마감한다니 얼마나 많은 고심으로 불면의 밤을 지새웠을까! 미루어 짐작할수록 안쓰럽다. 마지막 모습도 그래서는 안 된다. 잠자듯 고요히 세상을 하직하지는 못해도 자식들 앞에서 가야지, 찬 바람 속 공중에 매달린 모습은 아니다. 시신의 얼굴도 참혹하다. 아무렇게나 늘어진 모습 그런 옷차림이 무엇이란 말인가! 이번 시신은 온전하긴 했지만, 산짐승에 훼손당하기도 한다.

　그러니 자살은 아니 된다. 목매달기는 정말 아니 된다. 다시 오지 못할 인생인데 마지막을 그렇게 장식해서 되겠는가!

　본인의 죽음은 안타깝지만 이를 해결하는 과정도 복잡하다. 앞서 말했듯이, 신고받으면 달려가서 현장을 보존해야 한다. 이번 과정에서는 한 사람이 나무 위에 올라가서 줄을 끊으면서 동시에 아래에서 시신을 잡아야 했다. 그 다음 바닥에 바로 눕히고 사진으로 현장을 촬영하고 기록한다.

　자살 타살 여부를 밝히기 위해 본서에서 감식반이 출동한다. 직원들은 경찰 제복을 입은 채, 시신을 차에 싣고 영안실을 찾아다니며 다음 절차를 위해 혼을 쏙 빼놓는다. 자살이면 가족 인계를 하고, 가족이 없으면 면에서 무연고로 장례 절차를 진행한다. 면사무소 직원들이 나와서 직접 땅을 파고 봉분을 만든다. 망자를 위해 간단한 제사까지 지낸다.

타살이라면 당연히 수사에 들어가는데 그렇다면 더더욱 복잡해진다. 사무실을 비워 놓을 수 없으니까 당일 근무자는 물론이고 전일 야간 근무자, 비번자까지 모두 동원된다.

한 사람의 어긋난 행동이 주변을 이렇게 힘들게 하는 것이다.

내 것이 아닌 것을
탐내지 말라

　역사가 역사를 만들어낸다고 했던가! 사건이 일어나면 그 사건이 비슷한 사건을 물고 들어온다는 말도 있다. 안 좋은 예감은 영락없이 들어맞는다는 속설이 증명된다.

　자살 사건 이후 한 달여 지나, 교통사고가 두 번 일어났다. 한 건은 면 직원이 오토바이로 경운기를 받아서 크게 다친 일이고, 다른 한 건은 외부인이 지나가다 관내에서 일으킨 교통사고다.

　오토바이 사고는 났다 하면 중상 아니면 사망 사고라 평소 각별히 유의해야 한다. 보는 대로 화이바 좀 쓰라고 권장하는데 시골에서는 이런 말이 잘 먹혀들지 않는다. 꼭 인근에서 큰 사건이 일어나야 실감 나는 모양이다. 지서와 면사무소는 서로 필요에 따라 협조하는 입장이라 그들의 애경사가 가깝게 느껴진다.

　불행 중 다행이라고 면 직원은 머리를 심하게 다쳐서 서울 큰 병원으로 이송했다. 목숨은 보전했으니 다행이다. 경운기 운전자는 별로 다치지 않았다. 다 동네 주민이고, 또 면 직원이 다쳐서 특히 면장님이 많이 놀라고 허둥지둥 고생을 많이 하셨다.

기막힌 것은 외부인의 교통사고다. 명확하게 말해서 운전자의 과실 치상이다. 아마 그날이 토요일이었지, 전날 야간 근무자와 당일 주간 근무자 간 교체 시간이었으니까 오전 9시 조금 넘었을 것이다. 마침 지서 앞 이발소 사장님이 출근길에 들러, 커피 한 잔 사 주셔서 마시고 있을 때다.

정수국민학교 앞 커브 길에서 자가용 한 대가 붕~ 떠서 길가 논으로 처박혔다는 신고가 들어왔다. 커브가 그렇게 크게 꺾인 길은 아닌데, 약간 경사가 있어서 초행길에 속도를 내면 위험할 수도 있는 길이다. 그래도 사고가 난다면 커브에서 어느 한쪽이 중침을 해서 사고가 나는 게 일반적인데, 이번에는 원맨쑈다. 자체 사고라도 그렇지, 좁은 가로수 사이로 붕~ 떠서 논으로 들어갔다니, 대체 뭔 말인지 직원 셋이 다 달려갔다.

논 가장자리에 차가 뒤집혀 있었다. 차체는 별로 손상되지 않아 보였다. 무엇보다 안에 사람이 있는지 없는지 확인이 급하고 사망이든, 부상이든, 멀쩡하든지 구해 내는 게 급선무다.

아무나, 누구나, 무조건 발 벗고 논으로 들어간다. 모내기가 끝난 상태라 논에 물이 있기는 하지만 차 문이 어렵지 않게 열렸다. 사람을 꺼내는 게 문제다. 운전자는 알아서 잘 나왔는데, 조수석 여자가 머리에서 피가 흐른 채 미동도 없다. 직원들이 간신히 잡고 들고 안고 나와 차량을 불러서 병원으로 직행했지만, 끝내 사망했다. 사고 차량을 논에서 꺼내는 게 관건이지. 번쩍 들어 올릴

만한 크레인이 주변에 있는 것도 아니다. 읍내 업체로 연락해서 현장까지 오는 것도 한나절은 걸릴 것이다.

모두들 하나같이 거지꼴이다. 물 논을 구둣발로 휘젓고 다니면서 몸부림쳤으니, 옷도 엉망이고 몰골도 사람 꼴이 아니다.

지서로 돌아오는 길에 동네 사는 동창을 만났다.

"야~ 짭새 오랜만이다. 근데 뭔 일 있냐? 언제 술 한잔하자!"

반갑다는 말인데 기분 나쁘다.

점심때가 훌쩍 지났다. 앞에 중국집에서 시켜 먹기로 했다. 사고 운전자도 식사를 마련해 줬지만 울기만 한다. 내가 사람은 죽였어요~오~ 엉~엉 울어 댄다. 옆에서 하도 울어대니 식사를 할 수가 없다.

얼마간 시간이 지난 후, 사고 운전자의 인적사항과 경위를 파악하는데 내용이 가관이다. 일단 두 사람은 부부가 아니다. 가정을 가진 남녀가 밀월여행을 나섰다가 변을 당한 것이다. 몰래 만났다 몰래 돌아갈 계획이 어긋나 둘의 관계가 만천하 드러났으니 그들 입장에선 일이 참 고약하게 되어 버린 것이다.

이건 뭐 막장 드라마도 아니고 멀쩡하게 생긴 사람이 울어대고 앉았으니, 그냥~ 확~ 쌍~ 뭐~ 일말의 동정이나 연민도 없다.

우리 깐깐한 차석님이 사건 보고 즉, 조서를 작성해서 본서로 사건을 넘겼지만, 이 인간들의 이야기는 한동안 회자되었다. 몰지

각이 빚어낸 사망 사고다. 엉망이 된 논 임자도 날벼락이다. 보상이 필요하다. 차량은 고치든지 버리든지 새로 사면 되겠지만, 두 가정은 어찌 될 것 같은가! 그래도 남자 쪽은 그 부인이 와서 뒷수습하느라 돌아다녔다.

사망한 여자 쪽에도 연락했지만, 남편도 자식도 오지 않았다. 돌고 돌아 어렵게 연락된 친정 오빠가 시신을 인수했다고 한다.

타락해가는 세상을 한탄하면서 잠이 든 사람이 꿈속에서 동물들이 회의하는 장소를 들어간다. 여러 동물이 연단에 나와서 각자 주장을 펼치는데, 산천초목을 통틀어서 인간이 제일 흉포하단다.

인간은 까마귀 떼를 흉보지만 반포지효가 있다. 요망 간사한 여우라 하지만 여우는 동족을 해하진 않는다. 좌정 관청이라고 놀리지 마라, 개구리들은 넘치게 나대지 않는다. 구밀복검이라고 벌을 욕보이지만, 입술에 꿀 바르고 속에는 칼 심은 게 인간 아니냐! 이렇게 저렇게 보면, 제일 악하고, 제일 흉악하고, 제일 더럽고, 제일 어리석은 것이 인간이더라!

가정맹어호야 苛政猛於虎也 라고 말하는데, 우리 호랑이들이 배고픔이나 면하면 그뿐이지, 벼슬자리 놓고 암투를 벌이더냐, 더럽게 세금 약탈하나? 호랑이는 죽어서 가죽을 남긴다고, 그 말은 맞다. 백이면 백, 호랑이는 죽었다 하면 가죽을 남긴다.

인사유명이라고? 사람은 죽어서 이름을 남긴다는 말이지?

그래, 죽어서 이름다운 이름자 남기는 인간이 몇이나 되냐?

기억의 회로가 적절하게 작동하는지 모르겠다만 이 내용은 『금수회의록』에 나오는 이야기다. 신소설로 안국선이 쓴 작품이다. 동물들의 목소리를 빌려서 인간 세상을 꾸짖는 내용으로 요즘 세상에 대비해도 충분히 교훈적이다.

들꽃에 취해서 조강지처를 내치고 잘 사는 놈 없고, 병든 남편 버리고 간통하는 여편네치고 잘 되는 년 없더라. 아무리 살기 힘들어도 부부간 윤기가 자중한 줄 알기에 절대로 음흉 음란한 일은 절대 없다는 원앙새의 일침이다.

여러 가지 유형의 사건을 보면서 '인사유명'을 생각해 보았다. 욕심 없는 사람이 어디 있겠나! 살다 보면 견물생심이라고 욕심도 생기고 시기 질투도 있을 수 있지만, 정도를 넘어서면 분쟁이 생기기 마련이다. 선배들의 사건 이야기를 들어보면 돈이 문제고, 남녀 애정사가 문제다. 들여다보면 과욕이다.

과한 욕심이 사고를 유발한다. 내 것이 아닌 자리를 탐하거나 내 것이 아닌 돈, 내 사람이 아닌 것을 바라는 심술의 작용이다.

짭새와 견찰

　도대체 경찰을 일컬어 왜 짭새라고 하는지 어원을 알고 싶다. 원래는 나쁜 놈들을 잡아가는 사람이라고 해서 잡아가는 새 '잡새'로 출발했다고 한다. 하지만 본질적으로 보면 나쁜 놈 잡아가는 사람이 경찰뿐인가. 판검사를 비롯해 모든 공권력을 잡새라고 해야지, 하필 경찰만 짭새라고 하는지 기분 나쁘다. 잡새들이 짭짤한 것을 좋아하고 밝힌다 하여 짭새로 변형되었다. 강직하게 국가와 국민에 헌신하는 입장에선 모욕적인 내용이다.

　이렇게 오래 이어지다 보니 경찰들도 스스로 짭새라며 농담을 주고받기도 한단다. 짭새가 뭔지도 모르는 청소년들은 참수리 마크 보고 짭새라고 하는 경우도 있다니, 이런 걸 바로 잡아야 하나 어떻게 하나! 일제어 순사도 어감이 좋지 않다. 경찰이 더 비하되어 '견찰'이라고 부른다. 서로 견제한다 해서 견찰이라고 해석하는가 하면, 권력의 개人라는 변형으로 불리기도 한다. 일선 지파에서 근무하는 경찰들이 중앙 정치에 직간접으로 어떤 영향을 미칠 수 있을까! 지독한 비하다.

경찰차를 **빽차**라고 한다. **빽빽**거리고 다닌다는 말이다. 똥파리처럼 앵앵거린다고 똥파리라고도 한다. 북한은 우리 경찰에 해당하는 치안 조직을 안전원이라 하는데, 그쪽은 안전원 모자챙이 너무 커서 창새끼라는 은어로 통한다고 한다.

이 또한 저항적인 의도다. 또 다른 별칭으로 워~리~워~리 하면서 마치 개를 부르듯 비하하는데 우리의 견찰犬察쯤 되는 것 같다. 남북한 모두 경찰 조직, 치안 조직을 부정적 보는 심리다.

경찰이 없는 세상을 짐작해 보자. 아니 그건 좀 과하다 치고, 본인이 위험에 처했을 때 가장 먼저 도움을 청할 곳이 어디인가! 1년 내내 문 잠글 수 없고 불 꺼지지 않는 곳이 어디인지 보자. 멋모르고 경찰이 됐는데, 쥐꼬리만 한 월급으로만 사는 게 아니다. 무슨 사건이든지 사건 소식을 들으면 긴장과 동시에 본능적으로 일어서게 되어 있다. 사건이 없어서 빈둥거리는 듯싶어도 들여다보면 불편한 게 한두 가지가 아니다. 그렇다면 나름 보람으로 살아야 하는데, 짭새 소리나 들으면 누가 좋겠는가!

하긴 뭐 짭새니 똥파리니 비하하는 인물치고 비정상이 많다. 그런데 가끔 멀쩡한 사람들이 농담조로 던지는 게 언짢아서 해 보는 소리다. 미꾸라지 한 마리가 논물을 흐려 놓듯이 어느 조직이나 문제가 있는 인물이 있기 마련이다. 직무 집행을 실시하면서 과도한 언행을 일삼는 이도 있고, 사건 처리하면서 부당한 금전을 취한 인물도 있다. 그런 이들은 시간을 두고 징계를 먹거나 옷을 벗게 되어 있다. 지금 목소리는 높이는 건 바르고 정직하게 업무를 보는 다수의 경찰들이 오해의 시선을 받는 점이 억울하고 불편하다는 말을 하고 싶은 것이다.

경찰서에 가 본 적이 없는 사람이 경찰을 부정하게 보는 까닭이 무엇일까! 부정한 행위 없이 맑고 정직하게 정년을 마친 경찰이 욕을 먹는 경우는 어떤가! 심지어 우리 부모 형제들까지 월급 말고 뭐 생기는 게 없냐고 물어보기도 했다.

사건이 발생 시 피해자, 가해자에게 잘 봐 줄 테니까 돈을 달라는 말인지, 아무나 붙들고 혹시 보험 드는 셈 치고 용돈을 챙겨 달라고 한다는 말인지, 드라마 같은 이야기다.

사실, 동네 주민들에게 소주 몇 잔 얻어먹어 봤다. 설이나 추석 명절에 과일 박스며 선물 박스가 들어오는 것도 봤다. 몇몇 인간들이 공장과 회사를 찾아다니면서 떡값을 요구하듯 받아먹는다는 말도 들었다. 이런 사람이 분명히 있으니까 나오는 말이겠지만, 아닌 사람들은 어쩌란 말이냐! 동물의 왕국처럼, 부정하고 냄새나는 음식물이나 뇌물을 먹는 건 고사하고 냄새조차 맡지 않은 경찰이 대부분이다.

경찰은 일선 생활 현장에서 기초 질서를 확립해야 하므로 단속이라는 역할 때문에 편안한 이미지를 갖기 어렵다. 하지만 기초 질서를 바로잡는 것은 결국 선량한 주민 보호를 위한 것이다. 다시 말해서 법과 질서를 지키면서 바르게 살면 가장 편안하고 친근한 게 경찰이라고 본다. 괜히 찔리는 사람 언젠가 들통나면 안 되는 일이 있는 사람, 전과로 인해 경찰에 잡혀 가 본 적이 있는 사람, 현재 부정한 일을 하는 사람들이 경찰이 불편한 게 정설이다.

개ㅅ만큼이나 뭔가를 비하하는 용어가 새 대가리다. 이해력 부족 순발력이 없는 경우에 여지없이 닭 대가리라고 부른다. 집단에서 소외된 경우 왕따를 일컬어 완전히 새 됐다고 한다.

경찰을 잡새, 짭새라고 하니 말이지 사진사를 일컬어 찍새라 한다. 사진작가들도 많은데 작가까지는 아니라도 사진사, 사진 기사 정도만 말해도 되련만 굳이 찍새라 부르면 말하는 맛이 더 날까!

이발사를 깎새라 한다. 특히 군대에서 이발 보직을 맡은 병사를 스스럼없이 깎새라고 한다. 구두닦이는 딱새, 아무거나 밝히는 껄떡새, 군인을 군바리 짜바리라고 부른다. 군대밥은 짬밥인데 사회생활을 더 많이 한 경우, 경력을 말하는 은어이기도 하다.

사건 사고를 접하고 범죄자들을 자주 접하다 보니, 정상어보다 은어가 더 자연스럽고 더 많이 통용된다는 걸 알게 되었다. 무대뽀로 후카시 가오 잡는다, 나와바리에서 쇼부치다, 꼬붕, 시다바리, 겐세이, 독고다이, 아다리 등등 일본어에서 파생된 온갖 잡새들의 일상어도 대단히 많다.

장자의 말에 의하면, 새 중에서 제일 큰 새, 대붕鵬은 원래 몸이 몇천 리로 크고 넓은 곤이라는 물고기였다. 이 물고기가 변해서 붕새가 되었는데, 붕새가 한 번 날아갈 때 두 날개를 펴면 마치 하늘의 구름처럼 끝이 보이지 않고, 한 번 날갯짓에 바닷바람이 크게 일어나므로 절로 날아가게 된다는 대붕 설화다.

대붕의 큰 뜻을 누가 짐작이나 할 수 있겠는가!

흔히들 뱁새가 황새 흉내 내다 가랑이가 찢어진다는 말처럼 제 분수에 맞지 않는 행동을 하다가 낭패를 당하게 된다는 예화다. 까마귀만 해도 부모를 끝까지 모시는 효孝의 상징이다. 기러기와 원앙은 일부일처로 부부간 절개를 지키는 사랑의 표상이며 거위 역시 제 짝을 배신하지 않는다는 설이다.

전통 결혼식 초례상에 올려지는 기러기도 그렇다. 암컷이 알을 품고 있으면 수컷은 새끼가 부화할 때까지 사주 경계를 선다고 한다. 새끼를 보호하기 위해서 목숨을 걸고 투쟁한다. 살펴보면 온갖 새들은 한결같이 열심히 살아가고 있다.

인간 세계에도 대붕과 같은 인물이 있고, 정말 잡새가 있다. 일선 지파에서 대붕을 상면하긴 어렵고, 쓸모없는 잡새를 자주 접하게 된다. 이처럼 물의를 일으키는 부류를 보면 혼자서는 사람답게 살지 못하는 경향이 농후하다. 누군가의 보살핌이나 헌신이 있으면 그나마 다행이다. 그렇지 못한 경우는 저들끼리 뭉쳐야 산다. 그리고 세상 어디 서나 무엇이든 취할 준비가 되어 있다. 무수하게 떼 지어 다니는 해충과 기생의 존재들이다. 부도덕한 불행의 가시가 온몸에 박혀있는 듯, 말 한 마디 걸음걸이 하나하나 스스로 만든 천민의 몸짓이다.

사람답지 못한 자를 일컬어 흔히들 금수만도 못하다고 한다. 금禽은 깃털이 있는 날 짐승을 말하고 수獸는 들짐승을 말한다. 짐승 같은 것들, 짐승만도 못한 것들, 짐승보다 더한 것들을 많이 봤다. 많이 접했다. 그들과 자주 상종하다 보니 반면교사로 배울 점이 있지만, 정서가 많이 피폐해지는 경향이다. 그저 보통의 삶을 사는 것이 얼마나 다행인지 갈수록 느낀다.

개(犬)

'오수의 개'는 고려 문신 최자의 『보한집』에 나오는 이야기다. 전라북도 임실 지역에 사는 김개인이란 사람이 개를 데리고 동네 잔칫집에 다녀오는 길, 술에 취해 잠이 들었다. 마침 들불이 일어나자 충견이 주인을 깨웠지만 주인이 일어나지 못하자, 개울에 뛰어들어 제 몸을 물에 묻힌 다음 주인이 잠든 부분만 불에 타지 않게 뒹굴고 저는 죽고 말았다. 이에 너무나 고맙고 안타까운 주인이 충견을 기리며 동상을 세워줬다고 한다. 지금도 임실 오수면 시장 마을에는 오수의 개 동상이 있다.

진도에 백구 이야기도 있다. 진도군 의신면에 다섯 살 된 백구가 있었는데, 주인인 박복순 할머니가 건강이 좋지 않아서 대전에 아는 이에게 팔았다. 그런데 백구가 대전에서 진도까지 300여km를 어떻게 왔는지 거의 뼈만 남은 채 찾아왔단다. 진도집을 떠난 지 7개월 만의 일이다. 그 후 할머니와 백구는 숨 다하는 날까지 함께 살았다. 진도 돈지마을에서는 '돌아온 백구상'을 세우고, '돌아온 백구 시비'를 세웠다.

외국의 예도 여럿이다. 아르헨티나 중부에 '카피탄'이라는 이름을 가진 개는 주인이 죽자 그의 묘소를 6년간 지키고 있었다. 이 따금씩 묘비를 품거나 안고 있는 사진이 감동으로 올라와서 본 적이 있다. 충견 '하치' 이야기, '보비' 이야기 세상에 널리 알려진 개와 주인의 감동 실화가 영화도 되고 만화의 주인공이 되기도 한다.

우리 생활에 밀접하게 들어와 있는 반려견들, 각종 탐지견들 안내견들을 생각해 보면 견공의 생애가 참으로 이타적이다. 필요에 따라 이용하다 버리고, 심지어 잡아먹는 사람들이 개들을 놓고 난무하는 욕설을 생각해 보자.

어떤 애비라는 작자가 제 아들에게 "저 개새끼 죽여버린다"라고 고함치는 걸 봤다. 개새끼의 아비면 자신이 개라는 소린데, 정확히 말했다. 개도 광견이 지르는 괴성이 분명했다. 싸움판에서 기본으로 나오는 욕설이 개자식 개새끼이다. 찰지게 주고받는 욕설모 현장을 보면 인격의 격格이란 건 없다. 하는 말 그대로 모두가 개만도 못한 얼굴들이다.

태어난 지 얼마 안 되는 강아지를 보고 말했으면 싶다. 꼬물꼬물거리다 어미 품에 안겨 잠든 강아지를 보아라. 송아지의 맑은 눈망울을 보아라. 토끼는 말할 것 없고 심지어 돼지도 새끼 때는 귀엽고 사랑스럽다. 모든 짐승의 새끼는 한결같이 귀엽고 사랑스럽다.

이토록 귀엽고 평온한 동물들의 모습을 인간들의 질투와 다툼에서 세상 몹쓸 용어로 변질되어 정착했는지 모르겠다. 일단 싸움이 일어났다 하면 욕으로 시작한다. 개새끼다 서로가 개새끼다. 개새끼가 씨방 새끼, 씨발 째끼, 씹새끼로 극대화되고, 죽일 놈으로 이어진다. 죽이겠다, 죽여 봐라 죽여도 그냥 죽이는 게 아니라, 패 죽인다. 대갈빡을 부숴버린다. 찢어 죽인다. 쑤셔 죽인다. 난도질한다. 뼈도 못 추리게 한다. 다리 몽둥이를 분 질러 버린다~ 불 질러 버린다. 니 에미애비가 나오고 니 새끼까지 건드린다. 밤길 조심하라는 협박까지 차마 필설 할 수 없는 온갖 욕설이 난무한다.

한 대학교수가 우리 현실에서 통용되는 욕설을 모아 전래되어 온 과정과 문제를 연구하려고 시도했었다. 결론은, 시도하다가 말았는데, 하도 난잡하고 민망해서 차마 진행할 수 없었다는 후문이다. 새끼론論은 그런대로 참을 만했는데, 죽이고 살리는 대목이 매우 힘겨웠고, 말과 글로 담기 역겨운 성적인 음담패설에서 손을 털었다고 했다.

욕설을 입에 달고 하는 부류를 보면, 인간의 성악설에 무게감이 있다. 인간 본성은 악惡성이 존재하고 있기 때문에 가정 교육과, 학교 교육, 좋은 친구와 국가 시책이 더하여 바른길로 안내해야 한다는 주장이다. 부모 형제의 모범이 없고 국가와 사회의 올바른 보호를 받지 못한 경우가 부랑 세월을 더하면 천박하게 장착하게 되는 것이라! 이들을 일컬어 불한당이라 한다. 불한당은 땀 흘려서 일하지 않고 남의 것에 기대 사는 염치없는 부류를 말한다. 사람은 고쳐 쓰기 어렵다는데, 법치는 교정에 있다.

사건, 사건들

　여덟 개 자연부락에 1800여 주민들이 사는 정수면에 일어난 자잘 한 사건들을 열거해 본다. 물론 전임자들에게 전해 들은 내용들이고, 또 일부는 주민들과 대화에서 들은 이야기다.

　천수답으로 이루어진 농촌 지역이라 비가 오지 않으면 물꼬 싸움이 자주 일어났다. 대부분 저들끼리 투닥투닥 싸우다 말거나 주변에서 말리고 지나가는 일상들이다.

　한번은 양수기 사건이 발생했다. 앞뒷집에서 나란히 양수기를 샀는데 아랫집 양수기가 도난당했다. 윗집에서 훔쳐 가서 헐값에 팔아먹은 심플한 사건이다.

　혼자 사는 할머니가 담배 농사를 짓는데, 누군가가 이식할 담배 모종을 몽땅 뽑아 놓은 사건이다. 이것도 동네 주민이 심술로 그랬다는 걸 밝히기까지 이웃끼리 의심으로 매우 시끄러웠다.

　사건 본질보다 말싸움이 번져서 쌍방 폭행으로 이어지는 경우가 많았다. 그때마다 출동하고 데려오고, 취하하기를 반복했다.

　봄 여름 내내 농사지은 농작물 도난 사건도 빈번했다. 고춧가루 빻아 놓은 게 없어졌다, 콩 자루가 분명히 줄어들었다, 들기름병이 사라졌다, 벼 수매를 했는데 등급이 이상하게 됐다 등등…….

평소에 말 한마디 못할 것 같은 사람들이 사건에 연루되면 갑자기 딴사람이 되는 느낌이다. 그렇게 얌전하던 사람이 그렇게 무식하게 쌍소리를 지르며 폭력적으로 변해버리는 놀라운 경우가 한두 번이 아니다. 경제적으로 손익이 좌우될 때 이성을 놓는 사람이 있고, 인신공격에 못 견디는 경우가 대부분이다. 말이 씨가 되고 말이 덕이 되고 말이 화가 된다.

말 한 마디가 천 냥 빚을 갚는다는 말이 현실 같이다. 사건이 확대되는 것은 100% 말이 씨가 되었다. 입만 다물어도 될 일들이 그 입 때문에 일이 커지고 몸싸움이 일어나고 패싸움이 일어나고 걷잡을 수 없게 되는 것이다. 고개 한번 숙이고 그저 그냥 지나갈 일들이 사건이 된다.

도덕적으로 넘어갈 일이 법적 분쟁으로 비화되는 경우가 있다. 못 본 척하면 될 일을, 본 척하고 나대다 사건이 되기도 한다.

평생 한동네에서 잘 지내다 말고 척을 지는 싸움들이 대부분 이런 오해의 틀과 언어의 미성숙이 불러낸 불협화음들이다. 할 말을 하는 것보다 안 할 말을 안 하는 게 더 어렵다는 생각이다.

견문 보고서

　사건 사고가 없다 해서 무작정 놀고먹는 게 아니다. 사무실 지킴이 하다가 근무 일지대로 순찰을 돌아야 한다. 외근자가 사무실에서 꿈지럭거리다 재수 옴 붙어서 감찰에 걸리는 수가 있다. 내~동 잘하다가 거짓말처럼 딱 한 번 건너뛴 것이 걸리기도 한다. 반대로 내내 놀다가 딱 한 번 제대로 근무하고 칭찬받을 때도 있다. 그러니까 FM으로 근무하면 된다는 게 우리 차석님 지론이다.

　순찰도 그렇다. 오다가다 막걸리나 얻어먹고 놀다 오는 게 아니다. 누가 보면 자전거나 타고 돌아다니면서 시간 때우는 줄 아는데 그렇지 않다. 시간 내에 순찰 지역을 돌면서 순찰함에 특이사항 유무를 적고 시간을 명시해야 한다. 오가는 길에서 좋은 일, 궂은일, 고쳐야 할 일이 발견되면 이를 기록해서 보고해야 한다.

　일명 '첩보'다.

　첩보란, 사전식으로 해석하자면, 적의 내부에 침투해서 적들의 상황을 자세히 살펴서 아군에 알리는 것이다.

　본서 정보과에서 대공점이나 사회적 물의점을 미리 파악하고 있기 때문에, 일선 지파에서는 첩보라는 말이 무색하다. 그러니까 첩보보다는, 오가며 보고 들은 견문 보고서가 맞다.

한 달에 세 건의 견문 보고서를 써야 한다. 무엇을 써야 할지 모르겠다. 차석님은 쉽게 쓰고 또 다양하게 잘 쓴다. '도로 표지판이 깨져서 운전자에게 불편하니까 고쳐야겠다.' '무슨 동네 입구 다리가 위험해 보이니까 장마를 대비해서 보수해야겠다.' '돼지 콜레라가 발생했으니 양돈 농가에서는 예방과 소독에 적극 조치해야 한다.' 이런 식이다.

김 두목은 어떻게 쓰는가 보니까, 안 쓰고 안 낸다. 한 달에 세 건을 써야 하는데 두 달에 한 번 쓰다 말다 하는 것 같다. 정보과에서 독촉을 받아야 쓰는데, 그것도 신문에서 베낀다. 뭘 베끼는지 궁금하다. 일간 신문에서 베껴서 내도 견문 보고서 효력이 있나? 하여튼 매달 견문 보고서 세 건 써내는 것이 풀리지 않는 숙제처럼 늘 부담되었다. 그래서 순찰이 필요했다.

주민들의 생활에 문제는 무엇인가! 도와야 할 사항은 무엇인가! 꼭 그런 문제가 아니라도 경찰이 동네를 오가는 모습 자체가 주민의 보안이고 치안이기 때문에 순찰은 필수라고 하겠다. 순찰을 돌면서 뭐 특이사항이 있나 없나 늘 살피게 되었다.

견문 보고서를 잘 쓰면 정보과에서 상보나 중보를 준다는 사실을 알고 난 후부터 더욱 신경을 쓰게 되었다. 미리 상보 중보를 받아 놓으면 나중에 여타 벌점과 상쇄될 수 있고 장려장이나 상장으로 연결될 수 있으니까 일단 잘 쓰고 볼 일이다. 평소에 보고 들은 내용을 현황 문제점 대책으로 정리하는 것이다.

시골이라 해서 옛날 사립문 열어 놓고 다니던 그런 시골이 아니다. 도심에 비할 바는 아니지만 가끔 빈집털이가 있다. 이처럼 빈집털이 예방 문제라든가 농기계 사고 문제가 심심치 않게 일어난다.

독거노인들의 교통도 문제다. 운신하기 어려운 분들이 병원이라도 한번 가려면 보통 일이 아니라, 버스 운행 횟수나 시간에 대한 안건을 내어놓으면 해결되는 경우도 있다. 이럴 때 보람을 느낀다.

상보는 한 번도 받지 못했지만 몇 차례 중보를 받았다. 그래도 연말연시 방범 대책, 교통 단속 시 사전 예방, 등등 사소한 일상에서 혹시 모를 문제점을 눈여겨보는 게 습관이 되었다.

자주 쓰다 보니까 별것도 아닌 걸, 괜히 걱정했구나 싶었다.

오월은 푸르구나!

5월이 되면서 한동안 지서가 잠잠했다. 무료한 어느 하루 군청으로 복귀했던 재무계 이 양이 들어왔다. 지나가다 들렀나? 어서 오시라 인사했더니 지서장님께 인사드리러 왔다는 것이다. 아~ 지난번 복귀할 때 인사를 안 해서 그런가 보다, 했는데 그게 아니라 정수면사무소로 발령받았다는 말이다.

"응? 정식 발령이요?"

그렇다는 말이다. 정식으로 면사무소 재무팀으로 발령받아서 왔고, 관내 기관장께 인사드리러 왔다는 말이다. 거~ 참~ 뭐랄까! 딱히 반가운 것도 아니고 그렇다고 뭐 싫을 것도 아니고 그렇다. 우리 지서장님이야, 아침이나 잠깐 용안을 뵐 수 있고, 사건사고나 발생해야 어디선가 귀신같이 알고 들어오시는 분이라~!

재무 이 양에게 차나 한잔 마시고 가시라 권했다. 둘이 차를 마시고 있는데 응? 지서장님이 들어오신다. 자초지종을 들으시고, 잘 왔다며, 김 순경하고 친하게 지내란다.

뭔 말씀인가! 솔직히 말해서 이 양은 야물게 일 잘하는 직원으로 입력되긴 했으나 배우자감으로는 그렇다. 키는 큰데 얼굴이 좀

부족하다. 무엇보다 저 말발과 저 성질을 감당 못 할 것 같다

 잠깐 생각 중인데, 이 양이 그만 가겠다고 일어선다.

 면사무소 가는 일이 어색하지 않다. 호병계 직원들과도 매우 친해지고, 민원 담당 유 양과 스스럼없이 대화할 수 있어 편하다. 재무계 이 양도 마주치면 인사를 나누는 분위기라, 면사무소에서 일 보는 게 익숙해지고 있었다. 민원 담당 유 양은 항상 자리 지킴이고 재무계나 보건계 여직원들은 외근 활동을 많이 하는 편이다.

 우체국도 별정 우체국이라 인원은 적은 편이지만, 교환원 아가씨들 몇 명과 농담을 주고받는 사이다. 우체국 문 양과는 남모르게 여러 번 식사를 나누기도 했다. 목소리가 살갑고 애교스러워 만났는데 실물은 아니다. 이걸 데이트라고 해야 하는지 뭔지 잘 모르겠지만, 아무튼 다시 만나고 싶은 생각은 없다.

 문제는 그녀가 전화 교환원이라, 지서로 걸려 오는 전화나, 밖으로 거는 전화를 몽땅 감청하는 느낌이 들어서 영 찜찜하다. 언제 근무하는지, 야간 근무인지 주간 근무인지 비번인지, 다 알고 있는 느낌이다. 사적인 대화조차 감청당하는 느낌이다. 보안 1번지는 정보통신인데, 교환원과의 데이트는 실수였다.

 정수 지서로 발령받은 지 6개월 차, 그럭저럭 지리도 익숙해지

고, 주민들과도 편안해진 편이다. 처음에는 학교, 면사무소, 농협, 우체국 같은 기관과 소통하다, 민간인 교류가 늘어난 셈이다.

소재지 음식점과 다방, 이발소, 약방 주인과 친밀해지고, 동네 이장님, 자칭 타칭 유지들, 건들건들한 인물들과 안면을 트게 되었다.

자연스럽게 여자 소개가 들어왔다. 동네 이장님은 자기 딸을 소개하기도 하고, 바가지 씌웠던 하숙집 아주머니는 여동생을 소개했다. 근처 냉동 공장에 다니는 경리 아가씨도 소개받고, 예전 동네 여자친구에게서도 연락이 왔다. 많은 사람이 서로 소개하려는 느낌이 들었는데, 한결같이 마음에 들어오지 않았다.

마음에 든다 해도 결혼은 생각할 수 없다. 당장 살 집은 고사하고 전셋방 얻을 돈도 없다. 부모님 형편도 빠듯하고, 이 월급으로 살림하며 살아갈 엄두가 나지 않은 상황이다. 그래도 가끔 여자를 만나긴 만나는데, 문제는 돈이다. 여자 한번 만나서 밥 먹고 차 마시고 나면 몇 달은 빈털터리다.

우연인지 운명인지

지서장님 생일날이다. 동네 유지들을 초대해서 저녁식사 한다는 날이다. 어른들 틈에 재무계 이 양도 와 있다. 알고 보니 지서장님 큰따님과 학교 친구라 겸사겸사 초대된 모양이다.

직원들은 근무하면서 돌아가며 식사를 했고, 나는 비번이라 편하게 술을 제법 마셨다. 방 안에 있다가 유지들 틈새가 불편해 나왔다. 마루에서 이 양과 지서장님 따님이 이야기꽃을 피워 댄다.

두 여자가 술을 주거니 받거니 한다. 여고 친구라니 할 말이 많겠지. 내 입장에선 알아듣지 못하는 말이 대부분이다. 비슷한 속도로 술잔이 오가는데 이 양이 제일 먼저 취하는 것 같다.

지서장님 따님 얼굴은 변화가 없는 걸 봐서 술발이 센 것 같다. 이 양 혼자 다 마신 듯 얼굴이 볼만하다. 평소 말하는 걸 본 적 없지만, 여자들도 술잔이 들어가니까 말이 더 많아진다. 말이 많다 보니 하소연이 늘어나고, 하소연하다 말고 급기야 저 혼자 화를 낸다. 참, 저 여자 묘한 구석이 있다. 재밌기도 하고, 그래, 뭐가 그리 화가 나는지 들어나 보자.

이 양은 군청에서 정수면으로 오게 된 과정이 불만이다. 자기는 실제로 정국의 안정을 우선으로 하는 골수 우파인데, 오히려 좌빨로 몰려서 시골로 날아왔다는 말이다.

어느 하루 직원들과 회식을 하는데 TV에서 김대중 후보가 일본 조총련계와 연결된 간첩이라는 뉴스와 드라마가 나왔다. 이를 본 군 직원들은 당시 대권 후보인 김대중을 빨갱이라고 성토하는데, 이 양이 그랬다는 것이다. "대통령 후보인데, 설마 빨갱이겠는가! 이 부분은 정치적으로 약간 각색된 느낌이 있다"고 말했다는 것이다. 단지 거기까지인데 다음 날 출근하니까 과장이 불러서 왜 빨갱이를 지지하느냐고 호통치더라는 것이다. 그런 게 아니라고 아무리 말을 해도 소용없게 되었고, 그 고발자가 누구인지 뻔히 알면서도 징벌하지 못한 채 쫓겨 왔노라며 분개했다.

아~ 자기는 다시 돌아가서 누명을 벗어야 하고, 그 미꾸라지 같은 놈을 가만둘 수 없다면서 술을 마신다. 많이 억울한 모양이다. 행정 직원들 사이에도 그런 오류가 있나 보다.

거의 인사불성이 되자 지서장님이 이 양을 동네 명천 여인숙에 데려다주라고 하신다. 지서에서 20m 거리다. 명천 여인숙에 가니까 빈방이 없으니 주인집 안방에 모시라고 한다. 이 양을 그 댁 주인 안방에 모셔 놓은 것까지가 기억의 전부이다.

아침에 눈을 떠 보니 명천 여인숙 안방이다. 옆에서 이 양이 자고 있다. 멍~ 하니 앉아 있는데 이 양이 눈을 뜨면서 소스라치게 놀란다. "뭐죠? 무슨 일이죠? 어떻게 된 거죠?"

이 황당함과 당혹스러움과 함께 아무 일도 없었다는 걸, 하늘이 알고 땅이 알고 이 양이 알고, 나만이 알 일이다.

하룻밤 사이에 세상이 뒤집혔다. 명천 여인숙이 어디인가? 이양 오빠가 정수국민학교 선생으로 있을 때 같이 근무했던 직원의 집이다. 손바닥만 한 동네에서 이 양과 김 순경의 동침은 크나큰 뉴스로 비화되었다. 숙취로 골치 아픈 것도 있지만 동침의 오해를 벗을 길이 없는 상황에서, 그래도 어쩌나, 나는 출근을 했고 이 양은 무단결근을 하게 되었다.

그러새!

옛날 옛적 친분 있는 할아버지 두 분이 시장에서 만났다. 반가운 맘에 회포도 풀 겸 주막에서 탁배기를 주고받았다지. 이런저런 이야기를 하는 동안 손주들 자랑까지 나왔겠다.

자랑이 무르익어 가자, 손자 측 할아버지가 청혼을 했다. 손녀딸 측 할아버지 역시 흔쾌히 청혼을 받아들이면서 탁배기 잔을 높이 들며 기세 좋게 건배사를 외쳤다. "그러세!"

두 할아버지의 탁배기 잔 '그러세' 결정으로 결혼을 하게 된 손주들이 늙어 할머니 할아버지가 되었다. 살아온 세월만큼 어려움도 없지 않을 터, 힘들 때마다 할머니는 푸념을 했다.

술이 웬수지, 그때 장터에서 우리 할아버지가 술만 안 마셨어도 그놈의 '그러새'는 찾지 않았을 거여! '그러새'가 웬수지 그렇게 합시다~ 그러세! 이것이 그러새! 로 변형되어서 할머니의 가장 슬픈 새가 되었다는 전설이다.

술이 웬수지, '그러새'의 전설과 같은 현실이 눈앞에 닥쳤다. 이 양과의 오해와 소문과 난관을 어떻게 극복할 수 있을까!

손이라도 한 번 잡아 본 사이라면 모르겠다. 단 한 순간이라도 저 여자를 사귀어 보고 싶다는 맘을 먹어 봤다면 또 모르겠다.

어쩌자고 그날 밤 이 양 옆에서 잠이 들었는지 모를 일이다. 다음 날 아침을 생각했더라면 아무리 비몽사몽이라도 기어 나왔어야 할 일인데, 입이 열 개라도 할 말이 없게 되었다.

'우리가 아무 일도 없었으니까, 그냥 근무하면 안 될까요?'

그 말이 입 밖으로 나올까~ 말까~ 하다가 나오지 않는다.

이 양은 명천 여인숙 안방에서 일주일을 버텼다. 먹지도 않고 버티는 이 양을 주인아저씨가 달래서 밖으로 나왔다.

그동안 면사무소도 난리고, 이 양의 집에서도 난리가 났다. 천하에 엉큼하고 못된 놈이 되었다. 고개 숙이고 땅바닥만 바라보며 한 달여 지나갔다.

그렇다고 소문이 무서워서 결혼을 한다구? 요즘의 잣대로 보면 추행이나 준강간이라는 혐의를 뒤집어쓸 수 있지만 그건 또 아니지 않은가! 엄청난 여론의 눈초리에 못 견딘 이 양이 고민 끝에 '살아 보세!' 쪽으로 가닥을 잡았다.

이상하고 무섭고 미안하고 다행이고…… 속내가 복잡하다.

예비 처가로부터 호출을 받았다. 호출 소식 후에 처가의 가족 관계를 물어봤다. 꼬장꼬장하다고 소문 난 종손댁 막내 따님을 건드린 꼴이다. 맨정신으로 갈 수 없어서 술을 잔뜩 마시고 갔다.

예상대로 환영받지 못하는 자리였다.

　나중에 안 사실이지만, 큰처남이 막냇동생에게 타이르기를~ 평강공주의 예를 들면서 경찰관의 아내로서 지켜야 할 내용을 가르쳤다고 한다. 더불어 나는 바보 온달이 되어 버렸다.

　첫째, 남편에게 '돈' 이야기 하지 마라. 경찰은 돈의 유혹에 가깝기 때문에 당당해지려면 절대로 부정행위를 하면 안 된다.

　둘째, 세상이 계급사회다. 특히 경찰은 계급을 어깨에 달고 사는 직업이니까 진급에 뒷바라지하는 게 가장 큰 내조다.

　셋째, 가정사는 어려워도 스스로 해결할 생각을 하고, 정이나 힘들거든 큰오빠랑 상의하자고 다독였다는 말을 들었다.

　눈시울이 뜨거웠다. 그래서 그런 건지, 아내는 이제까지 돈에 대해서 스트레스를 주지 않았다. 대신 본인이 무척이나 참고 노력한 것을 알기에 지난 세월 내내 정말 미안했다.

발령

    따지고 보면 처녀, 총각이 결혼한 것인데, 무엇이 그리 부끄러웠
는지 서둘러 정수면을 떠나려고 했던 것 같다. 마침 본서에서 발
령에 대해서 가고 싶은 부서를 조사하고 있었다. 보내 달라면 보
내 주는 시스템이 아니란 걸 이미 알았지만, 청원을 내 보았다. 쓸
데없는 소문에 주인공이 되고 싶지 않아 섬 근무를 지원했다. 그
랬는데 당장 발령이 나는 것이라~ 와~ 신기했다. 이 역시 알고
보니 섬 근무는 모두가 기피하는 곳이라 자원하는 사람이 없었던
것이다.

    삼백여 가구로 이루어진 섬, 주봉도 주봉 지서로 발령받았다.
무엇이 좋은지 나쁜지 모르겠고 일단 정수면을 떠난다는 게 좋았
다. 섬 지역은 선착장 부근을 중심지로 보고, 작은 가계와 양조장
음식점이 분포되어서 기본 생활을 할 수 있을 것 같다.

    학생인 자녀를 둔 직원 같은 경우는 학교 문제가 있어서 어려
울 수 있을 것이고, 병원과 약국 대신 보건소뿐이라 불편하긴 하
겠다.

    아무려나 이미 발령은 난 것이고, 어디서 방을 얻어 살 것인지

살림할 주거 공간이 문제다.

분배의 법칙, 애당초 아무것도 없으면 지지고 볶고 할 일이 없을 텐데 분란이 일어나는 내용을 보면 공정이 이루어지지 않을 때다. 공정한 분배란 어떻게 하는 것일까! 똑같이 나누면 되는 걸까! 업적에 따라 나누면 되는 걸까! 공로에 따라 나누면 되는 걸까! 잘 먹는 대로 나누면 되는 걸까! 모두가 만족할 공정한 분배는 불가하다고 본다. 분명히 누군가는 아쉽거나 속상할 수 있을 것이다.

섬 지역은 공무원들이 월세나 전세를 얻을 집이 없다. 관사가 있으면 살림을 하고, 관사가 없으면 혼자 들어와 숙직실에서 자고 먹고 하다 빨리 육지로 돌아가는 것이다. 근무 환경보다 생활 환경이 열악한 편이다. 그보다 섬으로 발령을 받으면 초임 지서장님의 통과의례로 이해하거나 뭔가 잘못해서 쫓겨온 분위기가 깔려 있다. 아니나 다를까 첫 발령 받은 새파란 지서장님과 총각 순경 하나, 지서장님과 비슷한 연배의 순경 고참 양 순경, 나까지 네 명이 근무한다. 부둣가 어선 신고소 오 순경까지 하면 다섯 명인 셈이다.

근무자는 다섯 명인데 관사가 두 개다. 새로 지은 지서장님 관사와 조선 후기에 지은 듯한 군불 때는 관사를 놓고 경쟁이 붙었다. 새로 오신 지서장님이 자녀들 교육 때문에 혼자 와서 생활하시므로 신축 관사가 비게 되었다. 고참 순경이 당연한 듯 입소하고, 불 때는 관사는 우리 차지가 되었다. 다행이다.

방바닥이 흙 바닥이라 비닐 장판이 필요하다. 전구도 없어서 전구를 사야 한다. 불 때는 부엌인데 어디서 나무를 구하나! 연탄보일러라도 놓아야 하는데 누구에게 부탁해야 할지 막막하다.

찬거리는 가게에서 얼마간 구할 수 있는 모양인데 쌀은 육지로 나와서 사는가 보다. 실생활로 접어들고 보니, 불편이 한두 가지가 아니다. 아~ 이래서 다들 섬을 기피했구나! 휴직한 아내는 물 만난 고기처럼 돌아다닌다. 하루 두 번 다니는 배를 타고 밖에 나가서 필요한 물건을 척척 잘도 사 나른다. 날이 새면 섬 주민들을 따라다니면서 조개도 캐고 김도 뜨고 섬 생활에 익어버렸다. 또 어떻게 섭외했는지 주변에 국민학교 학생 두 명을 과외 지도를 하면서 얼마간 돈을 받는 모양이다.

어디서 사는 것과 어떻게 사는 것이 중요한가 물어보면 어떻게 사는 쪽이 중요한 걸 아내를 통해서 알 것 같다.

주봉도에서의 생활은 그렇게 어렵지 않았다. 신임 지서장님의 서슬 시퍼런 행보로 주민들의 분란이 별로 없었다. 가끔 어선 설비 어장에 관한 다툼 정도가 일어났고, 어디서 주사를 부리거나 행패가 있다 하면 지서장님이 직접 출동하셨다. 딱 봐서 싸가지없다 싶으면 귀싸대기를 몇 차례 후려갈기거나 발로 걷어차면 나가 떨어져 현장을 잠재우는 카리스마가 통할 때다.

일이라면 폭풍우가 일어날 때 어선 관리에 힘쓰는 문제 정도다. 직원들 사이도 그저 그렇게 원만한 편이었다. 사건 사고가 별로 없으니까 근무가 편안하고, 근무가 편하니까 불만 요소가 없는 게 당연하다. 다만 언제 육지로 나갈지 가늠하며 각자의 시간을 보내고 있다. 비번이라 해도 어디 갈 데 없으니까 누군 공부를 하고, 누군 낚시질이나 하고, 누군 술이나 한잔하고, 누군 잠시 나갔다 돌아오기도 하고 여유로운 섬 생활을 하는 셈이다.

어느 근무지가 좋을까!

　지파 말고, 다른 부서는 직접 해봐야지 말로는 실감하지 못한다. 경무과는 과장, 계장이나 되어야 힘을 쓰지 말단이 들어가봤자다. 경리 담당으로 장비 보강 구입이나 지파 도급 경비 지원 내역이며 직원들 월급 계산하느라 죽어나지, 꼭 경찰복을 입고 할 일이 아닌 것 같다. 정보과, 대공 문제, 반국가 집회나 시위 같은 포괄적 사항을 알아내고 보고한다는 자체가 보통 일이 아니다.

　수사과는 말 그대로 수사다. 지능 범죄와 경제 범죄 따로 수사가 아니라, 전 과정을 수사하는 데는 호불호로 갈리는 부서다. 형사과는 현장을 내 집처럼 누비며 범죄 집단과 동급 생활을 해야 하는 슈퍼맨들이다. 교통 외근은 지원자가 있다. 하지만 듬직한 체격과 튼튼한 체력 필수에 싸이카를 능수능란하게 타며 무엇보다 법규 위반자와의 격렬한 대립에서 밀리지 않아야 한다.

　경비과는 업무 중에서 최고 노가다다. 일이 생기면 밤낮이 없는 부서다. 높은 분이 오시는 날이면, 구역 요도 설정과 교통안전에 최선을 다해야 하고, 집단행동이 일어날 경우 질서 유지를 위한 대비를 너무 철저하게 해야 하는 몸빵 부서라 가고 싶지 않다.

섬 생활이 끝날 무렵 발령 소식이 들어왔다. 본서 수사과다. 일단 본서로 발령이 나면 왠지 은근슬쩍 인정받는 느낌이다

주민들과 지인들에게는 본서 수사과에서 끌어가는 듯이 좋게 말하지만, 실제는 가슴이 덜컹 내려앉는 것 같다. 수사과라니! 이제 겨우 2년 차 순경에게 무슨 수사를 하라고 오란 말이냐!

걱정이 태산인데, 맡은 일이 유치장 유치인 관리라고 한다. 영장 대기자나 영장이 발부된 자들을 교도소까지 이감시키는 부서다. 듣고 보니 할만한데 괜한 걱정을 했다. 그렇다. 걱정은 실제로 일어나지 않는 것이 대부분이다.

경찰서는 정문 앞에 전 의경이 정자세로 입초를 선다. 출근하는 직원들을 향해서 거수를 붙여 인사하는데, 인사받을 때마다 기분이 괜찮다.

가끔 서장님도 보고, 각 부서 과장님도 마주친다. 수사과장님과 수사계장님, 직원들을 만나면서 수사가 무엇인지 듣는 것이 큰 배움이다. 유치인들을 보면서 그들의 사연과 그 가족들의 애끓는 마음, 초조함과 불안이 교차하는 여러 모습을 보았다.

유치장

　때마다 먹이를 찾아다니는 원시인에서 출발한 인간들이 진화를 거듭하여 정착과 함께 '신석기 혁명'을 탄생시켰다. 혁명은 또 다른 의미의 혁명을 일으키며 오늘에 이르듯이 폭력도 또 다른 폭력으로 이어져 나날이 흉폭해지고 있다.

　미안한 표현이지만 유치장에 처음 들어섰을 때, 부채꼴 모양의 가두리 양식장이 연상 되었다. 물고기를 가두는 시설처럼 이유 있는 사람들을 한 곳에 몰아 놓은 곳이다. 온갖 사연을 담은 유치인들을 바라보며 안타깝게 느껴지던 첫 마음이다. 마음이 그래선지, 지하층이라서 그런지 불빛이 밝은데도 분위기가 음습하다.

　유치장은 수사과 부서로 유치인을 보호하고 관리 감독한다. 부채를 100도 정도 펼친 모양을 몇 칸으로 나누어서 남녀별로 수용하는데 저들끼리는 볼 수 없다. 근무자는 부채 손잡이 위치에서 방 전체를 조망할 수 있다. 일일 근무자와 전경이 보조 근무를 한다. 근무하러 들어오면 밖에서 문을 잠그므로 유치인이나 근무자나 종일 보내는 시간이 비슷한 형편이다.

1980년 김 순경 이야기

유치장에 들어오는 이유를 대강 짐작하듯이 다들 잘못했기 때문이다. 잘못을 했는데, 구속할만한지, 아니면 그만 풀어줘야 하는지 검사에게 물어보고 그 답을 기다리는 시간 48시간 동안 잡아 놓는 것이다. 검사가 구속하지 말라고 하면 풀어줘야 하고, 구속하라고 영장을 발부하면 열흘 이내 검사에게 인계시키는 역할이다. 그러니까 경찰서 유치장은 열흘 이쪽저쪽으로 머물다 집으로 가든지, 구치소나 교도소로 향하는 동안 머무는 숙소인 셈이다.

경찰학교에서 수갑 채우기 포승줄 묶기 실습을 다 했지만, 일선 지파에서는 자주 써먹지 못했다. 헌 데, 유치장에 들어오니까 매일 수갑 채우고 풀고, 포승줄 묶고 풀기를 밥 먹는 일처럼 반복이다. 유치인들은 일단 유치장까지 들어오면 한풀 꺾이는 모습이지만 개중에 지랄 날뛰는 것들이 종종 있다. 억울하다는 말이다. 억울하면 검사나 재판 과정에서 밝혀야지 유치장에서 소리 지른들 아무 소용이 없다. 일일이 대꾸하기 어렵고, 단지 몸이나 손상되지 않도록 요 시찰 인물들이다.

유치장의 일과는 단조롭고 지루한 긴장의 연속이다. 먹고 자는 일 외에 가만히 앉아 있는 그들을 바라보는 일, 세수하고 이 닦고 이불 개고 용변 보는 것까지 살펴드리는 일, 삼시 세끼 나눠 주는 일, 개중에 사식 들이는 것 용인하는 일, 읽을 책을 달라고 하면

취향을 묻고 마땅한 책 제공하는 일, 이따금 폭언과 발광하는 이들을 진정시키거나 제압하는 일. 구치소행이 정해지면, 잘 묶어서 교도소까지 호송하는 일, 면회 신청 들어오면 면회시켜 주는 일, 몸이 아프다고 하면 보고하고 살펴드려야 하는 일, 저들끼리 다툼이라도 일면 분리 조치하는 일, 자해나 위험한 행동에 대한 예방 등등 별일 없는 듯, 별일이 잠재된 유치장 풍경이다.

각양각색 사건 사고를 달고 들어와 각각의 반응을 보이는데, 크게 나누면 세 부류다. 잘못했다 반성한다는 이, 재수 없어 걸려 들었다는 이, 정말로 억울하다는 이로 구분된다. 표정과 언변도 그렇다. 잘 좀 봐 달라며 읍소하는 자세가 있고 나가면 가만두지 않겠다며 으르렁거리는 자세로 구분된다.

그러나 아무것도 소용되지 않고, 좌우되지 않는다.

교육 현장에서 '줄탁동시 啐啄同時'를 사용한다고 들었다. 병아리가 부화하는 과정에서, 알을 깨고 밖으로 나오려고 쪼는 것을 '줄'이라 하고, 이를 알아챈 어미 닭이 쉽게 나오라고 밖에서 알을 쪼는 것을 '탁'이라고 말한다. 병아리와 어미 닭이 동시에 노력하면 빨리 나올 수 있다는 말이다.

교육 현장도 이와 같은 맥락으로 서로 노력하자는 의미일 게다. 제자가 아무리 배우고자 해도 선생이 시원치 않으면 좋은 교육이 이루어질 리 없고, 선생님들 입장에서도 제자의 노력이 따라야 좋은 결과가 나올 테니 말이다.

어떤 사유를 안고 들어왔든지, 유치장이나 구치소 교도소를 들어와서 오래 머물고 싶은 사람은 없다고 본다. 한시라도 밖으로 나가고 싶은 마음을 '줄'이라고 하자. 이것은 단순하게 밖으로 나오는 것을 말하는 게 아니다. 껍데기를 깨고 나오듯이 세상 밖으로 나와서 어찌 살아야 한다는 각오와 다짐을 말한다.

이런 이에게 '탁'이 필요하고 요긴하게 사용된다고 본다.

개털

　잡범을 개털로 부른다. 흉포하거나 전과 숫자가 커질수록 범털이라고 부른다. 부모 형제 없고 면회 오는 이도 없고 돈도 **빽**도 없는 자는 개털이라고 부른다. 반대로 배짱이 두둑하니, 큰 **빽**이 있을 것 같은 자는 범털, 범틀이라고 부른다. 물론 저들끼리 가늠하고 나누고 지칭하고 서열 정리를 하는 과정에서 나오는 은어들이다. 개털과 범털 윤곽은 교도소에서 분명하게 드러나는 모양이고, 유치장에서는 목소리 큰 놈이 범털 노릇을 한다.

　돈이 있어 튼튼한 변호사를 구해 금방 나갈 것이라는 자, 높은 관직에 인물과 가까운 관계라 금방 나갈 거라는 자, 자신이 노력해서 함께 나가도록 도와주겠다는 호언장담이 찬란하다. 이후 과정이 어떻게 진행되고 어떤 처벌을 얼마나 받을 것이고, 1심에 불복해서 항소하면 얼마나 감형될 거고, 다시 2심에서 상고하면 얼마나 감형될 것이고, 각종 특사와 사면에 대한 이야기까지 법률 전문가 **빰**치는 범틀이 있다.

　국정 지표가 정의 사회 구현이다. 정의란 무엇인가! 공정이고 공

평이라고 말하고 싶다. 평등이라고 말하고 싶다. 똑같이 나누고 똑같이 기회를 주는 것이다. 상벌을 같은 잣대로 재자는 말이다. 현직 경찰로서 공정 불공정을 말할 처지가 아니지만, 가끔 불공정을 느끼기 때문이다.

물론 대부분 법정주의 원칙에 입각해서 처리되고 있는 건 맞다. 하지만 어느 때 같은 죄명이 심판에서 같은 판결을 받는지 알맞게 처리되고 바르게 정리되는지 의아할 때가 있다. 자기들만의 은어처럼 돈도 없고 빽도 없는 잡범은 선고된 그대로 형을 살고, 아무리 봐도 사악한 범죄자가 대형 변호사를 대동하고 나서면 형량이 확 줄어드는 허망한 경우가 있다. 애써 잡은 피의자가 하루아침에 훈방되기도 하고, 저게 저렇게까지 길게 갈 일인가~ 싶은 사연도 많이 봤다.

매를 맞아도 같이 맞으면 덜 아프다. 배가 고파도 다 같이 굶으면 참을 만하다. 우리들의 어린 날 그렇게 힘든 줄 모르고 살았던 것도 모두 함께였기 때문이다.

유치장에서 흘러나온 이야기다. 안 듣는 척해도 귀 털고 들을 때가 있다. 아니 들릴 때가 있다. 그들이 말하기를 나라 법 육법전서가 아주 아주 꼼꼼하게 잘 만들어졌다고 한다. 작은 범죄 같은 것도 그냥 눈에 띄기만 하면 죄다 잡아버리는 거미줄 같은 법망이라고 한다. 칭찬 같다.

그 거미줄 법망에는 벌레나 파리, 모기처럼 작은 것들만 잡아 가두지 큰 것은 잡아 가두지 못한다는 거다. 뭐 어쩌다 미련한 잠자리까지 잡을 수 있을지 모르겠지만, 비둘기 정도만 해도 거미줄을 뚫고 지나가 버린다는 말이다. 법망이 뚫린다는 거다.

그러면 또 파리, 모기라도 잡으려고 거미줄처럼 법망을 새로 만들고 고치고 지랄하겠지… 비둘기가 뭐여, 독수리는 거미줄이 어디에 있는지도 모르지. 법 없이 날아가고 법 없이 살아가는 것들이 얼마나 많은지 니들이 알어? 듣다 보니 비아냥이다. 개털 입장에선 나름 일리가 있다. 그렇다고 그 말에 맞장구칠 입장은 아니다. 법에 맹점이 아니라 기득권의 문제다.

사연들

유치장 근무 중에서 제일 먼저 만난 사건이기도 하고, 너무 안 타까운 사연이라, 지금도 그분 눈빛이 생생하게 떠오른다.

레미콘 공장 사장이다. 고아로 자란 분인데 어려서부터 탄광 시멘트 공장, 레미콘 공장에서 닥치는 대로 일을 했다. 일하다가 만 난 동생뻘 되는 친구의 도움을 받아서 어렵게 공장을 인수하게 되었다. 공장은 그럭저럭 잘 돌아가는데 사고가 났다. 시멘트 배 합 과정에서 일이 터진 것이다.

시멘트를 조합하는 강도에 따라서 건설 현장의 쓰임새도 다르 다고 한다. 더 단단하게, 혹은 열이 덜 나게, 혹은 얼지 않게 배 합하는데 기계가 잠시 멈췄다. 가끔 그럴 때도 있다고 한다. 그 날도 기계를 확인하러 배합 기계 안으로 작업자가 들어갔는데, 다른 직원이 스위치를 올렸다는 말이다. 배합 기계는 잠시도 멈 추면 안 되는 것이라 얼떨결에 확인 없이 스위치를 올린 것이 큰 문제가 된 것이다.

배합 기계 안에는 칼날 같은 날개가 돌아가고 있었다. 사장님은 작업자의 시신 앞에서 기절하고 말았다. 책임자로서 이 분의 단죄는 너무나 안타까운 기억이다.

　교도소를 학교라고 부른다면 경찰서 유치장은 초등학교나 유치원 정도로 말해도 될지 모르겠다. 배움의 터전이라면 이곳에서 무엇을 배운다는 말인가! 잘못한 점을 반성하고 다시는 그러지 말아야겠다고 다짐하고 새 출발을 한다면 말이 되겠다. 하지만 그 안에 들어 있는 당사자들이나 이를 바라보는 일반인들이나, 이를 지켜보는 공안직이나 개선의 정을 믿는 이는 매우 드물다고 본다. 오히려 오염물이 더 들면 들었지 맑은 물로 변화되긴 어렵다. 구조적으로도 그렇다.

　유치장은 남녀로 구분해서 유치하는데 인원의 많고 적음을 예측하는 게 어렵다. 한 칸 한 사람이 들 때도 있고, 꽉 찰 때도 있다. 생각해 보니 비어 있는 날은 없던 것 같다. 노인부터 젊은이까지 제 나름 사연으로 한 자리 모였으니 충분한 인간 사회학을 논하는 장소임은 틀림없다. 격조는 없을지 몰라도, 좋다 나쁘다 이익이다 해롭다로 헤쳐 모이는 비교적 솔직한 빈 몸들의, 가오잡이 학습장으로 보인다.

　처사님 한 분이 사기죄로 들어왔다. 물론 영장 대기다. 신도에게 각종 명목으로 돈을 받아먹었다. 돈만 받은 게 아니라 여러 가지로 받아먹은 게 많은 모양이다. 처사를 일명 거사居士라고도 한다. 스님처럼 출가하지 않고 집에서 생활하되 깊은 불심으로 귀의한 남자를 말한다. 처사의 기준은 벼슬을 바라지 않는 이, 욕심 없는 이 재물이 넉넉한 이, 도를 닦아 깨달음이 있는 이를 말한다.

처사께서 사기 협박 절도죄로 오다니 내용이 궁금하다. 사이비다. 겉으로는 비슷하게 생겼으나 본질이 완전히 다른 것을 사이비라고 한다. 이 사이비 처사는 피해자들의 사주·관상·운세를 봐주고, 천도제 영가풀이 명목으로 금전 갈취, 일부 여신도 성추행, 폭행, 협박, 도둑질까지 총천연색으로 할 수 있는 건 다 해버렸다. 결국 고소되어 들어왔는데, 유치장 안에서도 하던 일을 계속한다. 그곳에 있는 인물들의 사주풀이를 해 주며, 삼재가 어떻고 언제 나갈 것까지 예언하고 있다. 참, 희망찬 인물이다.

사건 중에서 가장 많은 사건은 폭력이다. 폭력에 이어서 교통사고, 음주 사고, 강절도, 성폭행, 식품위생법 위반, 경제 사범, 간통 등으로 이어진다. 폭력이라면 일반적으로 조직폭력배들의 집단 싸움을 연상하게 되는데 이곳에는 거대한 조직 폭력 싸움은 없다. 대부분 동네 이웃끼리 다툼, 시장에서 이권을 놓고 벌어지는 다툼, 술 마시다가 술김에 다투는 사건들과, 최근 들어 부모 형제끼리 다툼이 많다.

뉴스에 나오는 내용과 비슷하게 명절이나 제사를 놓고, 책임은 회피하고 권리만 차지하려는 사건이 늘고 있다. 엄청난 사건 뒤에는 후회가 따라온다. 후회는 늘 그렇듯 뒤늦게 각성覺醒을 데리고 온다. 어제까지 잘 못 살아온 사람은 오늘도 내일도 힘들게 살게 될 것이 분명하다.

지금이라도 멈추고 잘못의 뿌리를 뽑을 수 있어야 한다. 한번 범죄자가 되면 두 번 세 번으로 이어지고, 나중엔 스스로 중심을 잡지 못하고 전과자로 생을 마치게 된다. 이 고리를 끊으려면 각성해라. 늘 깨어 있으라는 뜻이다.

다시는 만나지 말자

한 열흘 함께 지내면서 저들의 입장을 듣다 보면 비록 거짓일지라도 동정이 가는 이가 있고, 비록 진실을 말할지라도 진실로 들리지 않는 밉상이 있기 마련이다.

영장이 발부되고 날짜가 되어 교도소로 이감시킬 때는 이들 모두를 향한 마음의 소리가 있다. 다시는 만나지 말자. 두 번 다시 이런 장소에서 만나지 말자는 마음이다. 이들도 유치장을 떠나 교도소를 향할 때, 새로운 환경에 대한 두려움인지 내내 잘 하던 아침 식사도 거르는 이가 있다. 수갑 채우고 호송줄 묶을 때는 눈물을 뚝뚝 흘리기도 한다. 안쓰러운 일말의 감정을 꼭꼭 접어 두고 업무의 일환으로 정신을 바짝 차려야 한다. 언제 어느 때 돌발 상황이 일어날지 모른다. 호송 중에 도주하거나, 자해하거나, 폭력이 발생할지 모르는 시한폭탄 같은 존재로 보고 대응해야 하기 때문이다.

무사히 교도소로 인계하고 돌아설 때면, 안녕히 가시라고 인사하는 사람이 있다. 그래 안녕하길 바란다. 그리고 다시는 이런 관계로 만나지 말자.

보내고 돌아오면 또 다른 사연을 갖고 온 인물이 유치장을 채운다. 재물을 쓰고 나면 채우고 또 쓰고 나면 채우는 화수분이라면 좋겠다. 유치인을 보내고 나면 또 들어오고, 보내고 나면 또다시 들어오니, 이 인물들에게 일거리를 줘서 고맙다고 인사라도 해야 하나! 진짜 지겹기도 하다.

새로 온 인물 하나가 가관이다. 제 처남댁을 범한 인물이다. 처남댁 지능이 낮았던 모양이다. 몹쓸 짓을 꽤 오랫동안 지속해오다 처남 눈에 띄었다. 적반하장이다. 처남을 폭행하고 제 아내까지 두들겨 패고 도망쳤다. 도망치는 동안 그런 놈을 친구라고 숨겨준 친구의 어린 딸을 범하고 절도까지 저지른 인간말종이 잡혀왔다.

잡혀 올 때도 얼마나 저항했는지 우리 형사들까지 어지간히 다쳤다. 공무 집행 방해까지 더하면 범죄 사실을 적는 데만도 한나절은 걸리겠다. 피의자들이 그 나물에 그 밥 같은 신세지만, 더 더럽고 더 치사한 부류로 나누는 걸 보면 나름 급수가 있는 모양이다.

청마 유치환 선생은 사랑을 하는 것이, 사랑을 받는 것보다 행복하다고 했다. 그럴까? 신神의 사랑이라면 몰라도 사랑은 주고받는 것이지 어떻게 일방적으로 주기만 하는 게 가능해? 그런 사

랑이 과연 행복할까? 현실적이기보다 시적 허용으로 표현된 문장
이려니 생각했다.

한 어머니의 면회 모습을 보면서, 사랑은 일방적일 수 있구나!
신의 사랑과 어머니의 사랑은 많이 닮았다는 생각이 든다.

유치장은 9시부터 20시까지 하루 한 번 면회가 가능하다. 주말
은 하루 3회까지 면회할 수 있다. 유치장에 들어온 줄 모르고 있
다가 소식 듣고 놀라서 찾아온 가족들 얼굴에 당황한 기색이 역
력하다. 면회자는 가족, 친지, 친구가 많고 발 빠른 법률 대리인도
있다. 이 중에 제일 많이 찾아오고 제일 애끓는 표정은 어머니다.

이런 걸 낳아 놓고 미역국 먹었느냐고, 남들에게 욕먹는 형편없
는 인간이라도, 그 어머니에게는 목숨 같은 자식이다.

한 어머니가 매일 한 번씩 유치장 면회를 온다. 교도소로 넘어
가면 면회하러 자주 못 갈 것 같으니까 주말에는 세 번도 찾아온
다. 어머니는 아들이 어렸을 때 이혼하고 개가했다. 재혼한 가정
에서 또 자식을 낳고 자신은 평범하게 살았다.

세상의 모든 어머니가 그렇듯 좋은 일, 궂은일, 아이 생일. 그만
한 애들이 돌아다니는 걸 볼 때마다 한시도 잊을 수 없는 아들이
유치장에 들어갔다는 연락을 받고 달려왔다.

재가한 가정에는 대놓고 말할 수 없는 노릇, 아들을 구할 대안
이 없다. 맘대로 찾아올 형편도 아니다. 아들 잘못은 어머니 자기

의 잘못이라며 소리 내어 울지도 못 한다.

　면회를 마치고 경찰서 정문 밖 길모퉁이에 쭈그리고 앉아 고개 파묻고 어깨 들썩이는 모습을 많은 직원이 목격했다. 죄는 미워하되 사람은 미워하지 말라는 격조 높은 말이 있다. 현장 이입에는 무리다. 피의자들의 싸가지없는 언동을 보면 인간성이 더 미울 때가 있다. 하지만 이들 어머니의 모정 앞에서는 죄와 벌의 구분이 흐려지는 느낌도 사실이다.

　"저 새끼 또 들어왔네." 처음 보는 인물인데 또 들어왔다 말하는 걸 보면, 내가 이곳에서 근무하기 전부터 이미 다녀갔다는 말이 된다. 오래된 수사계장님 말씀에 의하면 자기가 본 게 세 번이고 그전에도 들락거린 단골손님인데, 더 웃기는 건 제 아버지가 형사과장이었다고 한다. 아들이 하도 말썽을 부리니까, 창피해서 다른 타지▶로 나갔다가 얼마 못 가서 사표 냈다고 들었다.

　녀석의 죄명은 폭력이다. 툭 하면 사람 패고 주변 기물을 부수는데, 말릴 장사가 없다. 제 아버지가 현직에 있을 때는 이래저래 훈방도 했는데, 수위가 높아지니까 피해자 합의도 잘 안 되고, 형사과장이 잡아넣으라고 했단다.

　자식은 아비의 면류관이라고 한다. 면류관은 왕관처럼 머리에 쓰는 빛나는 장식을 말한다. 부모들은 자기 자식들의 됨됨이를 머리에 쓰고 있는 것이다. 어떤 자식은 잘 자라서, 부모님 얼굴에

빛을 발하게 해 주고, 어떤 놈은 부모 얼굴에 먹칠해 고개를 들지 못하게 한다.

짐승 한 마리가 들어왔다. 한 동네 여중생 강간치상인데 엽기적 고문을 했다. 이 새끼는 보기도 전에, 말만 듣고도 화가 치밀고 궁금한 짐승이다. 사실 이곳은 대도심보다는 강력사건이 드문 편이다. 간만에 강력사건 피의자다.

강력 범죄자는 들어오기 전부터 상전 대접을 해야 한다. 유치장이 복잡하든지 말든지 독감 수용을 해야 하기 때문이다. 하도 더러운 놈을 유치인끼리 섞어 놓으면, 눈 깜빡할 사이 두들겨 패고 난리 날 수 있다. 독방 수용에 자해 내지 자살 방지에 대비해야 한다. 일반 면회도 주의해야 한다. 강력사건에서 피의자와 피해자 가족이 대면하면 안 되기 때문이다.

하도 잔악한 사건 피의자를 보면, 기막힌 의분이 일어난다. 처참히 당한 피해자와 부모의 절규를 생각하면 분기가 치밀어 오른다. 피의자를 앞에 놓고 조서를 작성하는 수사과 내근 형사들도, 사실을 직시하며 조서를 작성하다 보면, 극한 인내로 인한 구역질과 트라우마에 시달린다.

만화 '똘이 장군'에서 종횡무진 활약하는 캐릭터가 마음을 시원하게 해 준다. 가끔은 똘이 장군이 되고 싶을 때가 있기 때문이다. 민중의 지팡이가 쓰이는 현장이 아니라 인간말종의 잔악한 현장, 사악하기 짝이 없는 사건들, 선량한 이웃의 침탈 현장, 무엇보다 상해 살인 같은 기막힌 현장에서 범죄자들을 앞에 두고 인권을 말한다는 건 극기훈련이다. 어지간한 내공으로는 견디기 어렵다. 이 어려운 걸 견디자니 수명이 단축된다. 이를 대신해주는 청량제가 똘이 장군이다. 헌 집 벽 털 듯 두들겨 패는 장면, 주먹으로 한 번 빡~ 치면 수 미터 날아가서 자빠지는 장면, 십수 명 간첩을 단번에 제압하는 체력에 카타르시스가 넘쳐 지병이 낫는 것 같다.

만화는 만화일 뿐, 현실에서는 저런 짐승에게 손댈 수 없다. 아무도 없는 데로 끌고 가서, 절반은 죽여 놓고 싶은 마음이 굴뚝같지만, 인권을 존중하라는 지침이다. 옷 벗을 각오를 하지 않고는 손댈 수 없는 게 복무 지침이다.

자라 하면 자고, 일어나라면 일어나고, 이불 정돈하고 세수하고 밥 주면 밥 먹고, 조용히 앉았다가 갈 때 가는 경우 드물다. 이번엔 늙은 광견 한 마리가 들어왔다. 70세면 80년대에는 살 만큼 산 나이다. 주취자로 유치장까지 들어오는 경우는 드문데 주취자로 들어왔다. 70세라 해서 간신히 걸음 하는 정도로 짐작했는데 대면해 보니까 통빱이 어긋났다.

기운찬 천하장사 무쇠로 만든 사나이다. 덩치가 장난 아니고 바짓가랑이는 똥오줌으로 분탕질을 했다. 그 모양새로 수갑 차고 유치장에 끌려 온 것이다. 인생 참… 끝끝내 매우 열심히 사는 양반일세!

주취자답게 술 냄새가 펄럭인다. 지서에서 한바탕 난장을 벌이고 모양인데, 그렇다면 시간이 꽤 지났다는 말이 된다. 그런데도 술 냄새가 진동하니 이 어르신 희귀한 인물이다. 앞가슴 풀어헤치고, 머리는 어디다 받았는지 임시 치료를 한 흔적이다. 방금 사형 집행을 끝내고 돌아온 망나니꼴이다.

차림도 망나니지만 온몸이 발광하는 몸 지랄 망나니다. 저 사람은 치료 감호로 가야 맞지 않느냐고 계장님께 여쭈니 검사 지휘가 나 올 때까지 유치시키라고 한다. 그게 맞겠다.

유치장에 넣는 것부터 어렵다. 안 들어간단다. 먼저 온 유치인들도 들어오지 말라고 거부한다. 더럽고 시끄럽고 자리도 부족하다는 이유다. 이 인물, 절반의 주정과 절반의 강인한 체력으로 버틴다. 진 빼는 중인데 낼모레 제대할 전경이 후다닥 나와서 붙잡아 끈다. 우리 팀도 힘이 세다.

노인네가 버티고 소리 질러 봤자, 우리 수경이 들다시피 유치장에 밀어 넣는다. 바라보는 사람들이 비명을 지른다. 안 그래도 덥고 좁고 복잡한 유치장에 망나니가 소리 내며 들어서니, 밖이나 안이나 유치장에서나 환영할 리 없다.

험악한 욕설과 냄새가 장난 아니다. 싫다고 바꿔 달라지만 여기는 여관도 호텔도 아니다. 이 모두가 벌이다. 견뎌라!

원래 그런 사람은 없다고 한다. 그런 사람에 대한 정의가 여러 가지겠지만, 여기서 그런 사람이란, 망나니를 말한다.

알맞은 예가 될지 모르겠는데, 늑대 인간 이야기가 생각난다. 1867년 인도 산골에서 늑대 소년이 사냥꾼에게 발견되었다. 추락하는 비행기에서 유일하게 살아난 아기였는데, 늑대에 의해 키워졌다고 추정한다. 발견 당시 아이는 여섯 살이었고 늑대처럼 네 발로 걸어 다녔다. 구출된 후에 보통 사람들처럼 생활하게 했지만 적응하지 못했다. 날마다 늑대처럼 울부짖으며 날고기로 연명했다. 유일하게 낸 사람 흉내가 담배를 배운 것인데 애연가로 살다가 서른다섯 살 폐결핵으로 사망했다.

이 이야기를 모티브로 만화가 나오고, 영화가 나오기도 했다. 모글리라는 『정글북』의 주인공은 역경을 물리치고 정글의 평화를 만들지만, 다른 이야기는 대부분 적응에 실패하는 결말이다. 사는 곳에 따라 마음을 변화시키고, 누구를 만나느냐에 따라 행동이 닮는다. 유치인의 눈빛을 보며 여러 생각을 해 본다.

살면서 가지 말아야 할 곳이 경찰서, 교도소, 병원을 든다. 죄 짓지 말고 아프지 말고 살아야 한다는 말이다. 병원은 가볍게 오갈 수 있지만 큰 수술을 하지 않기를 바라는 마음이다. 경찰서나 교도소는 자기가 노력하기 나름이다. 질병과 달리 교도소행은 자기 이름, 자기 얼굴만 면이 손상되는 게 아니다. 가족, 일가친척까지 수모를 당하는 것이니 제 인생이라고 함부로 사는 게 아니다. 누구누구 부모 누구누구의 자식 인생까지 망치는 것이다.

오늘 들어온 망나니 노인도, 그저 입이나 다물고 있으면 중간은 갈 것을, 입이 방정이라 모욕을 자청한다. 옆 사람도 만만하게 보고 되로 뱉은 욕설을 말로 받아먹는다.

"야~이 C~8넘아 나이를 술 처먹듯 그렇게 얼큰하게 처먹었나~ 개지랄이야? C~8 새끼야 가정 교육을 니 에미 애비 없이 떠돌이로 했냐~"

잠깐이라도 그 인생 살아봐야 이해가 되려나~ 지랄만 풍년이다. C8 C8… 밑바닥 음성을 너무 듣는다.

근신할 공간에서 패악질이 먹혀들 리 없다. 손주뻘 되는 전경과 말싸움이다. 밥이 어떻고 국물이 어떻고 자세가 안 되어 먹었고 말씨가 어떻고, 똑바로 하라는 야단이다. 유치장에 들어앉아서 전경과 직원들에게 똑바로 하라니 코미디 프로그램이 이런 점에서 모티브를 얻는 것 같다.

언짢을 것도 없지만, 듣고 보면 언짢은 말이 있는데 바로 세금으로 봉급 받아먹고 사는 것들이라는 잡설이다. 따지고 보면 맞는 말인데, 그 말을 읊어대는 인물들이 세금을 내면 얼마나 낼 것이며, 우리는 그 봉급에서 세금 떼지 않는가! 봉급만큼, 아니 그 이상의 업무를 감당하는 공무원들이다. 저들이야말로 유치장에서 하룻밤을 자고 한 끼를 먹더라도 세금을 축내는 것들이다.

하여튼 전혀 생산성 없는 데다, 소위 밥값도 못하는 인물들이, 밥값은 고사하고 민폐로 인생을 도배한 인물들이 툭 하면 뱉는 말이다. 대응 가치도 없지만 거슬리는 건 사실이다.

근무 중 제일 곤란한 경우는 아는 사람이 들어왔을 때다. 친구 형이 한 번 들어왔고, 친하지는 않았지만, 친구가 들어왔을 때다. 마음으로는 어떻게든 돌봐주고 싶지만 그럴 수 없다. 똑같은 피의자, 용의자로 대기하는 입장이라 특별히 도와줄 사항이 없다. 뭘 어떻게 봐줄 수 있는 조건도 아니다. 능력이 있다 해도 모두가 있는 공간에서 어떻게 표시 안 나게 도움을 줄 수도 없다. 이래서 경찰들이 연고 근무를 피하는 까닭을 알겠다. 본인은 익숙하지 않은 장소, 당혹스러운 현장에서 만났으니 뭐라도 힘이 되길 바라는 게 당연하다.

지난 교류에 비해 엄청나게 친근감을 표시하고 면회 온 가족은 김 순경이 큰 빽줄인 양, 윗사람에게 잘 좀 부탁해서 선처해 달라, 빨리 나오게끔 해 달라며 읍소가 강력하게 들어온다. 돈도 주겠다. 얼마면 될까? 친구 좋다는 게 뭐냐! 요행으로 잘 되면 좋지만, 원칙대로 진행되면 그 서운함이 욕으로 들어온다. 경찰 되더니 거만해졌단다. 그래서 이렇게 만나지 말자는 말이다.

시지프스

    신을 모독하고 기만한 죄로 죽임을 당한 그리스 신화의 인물이다. 시지프스는 죽은 후 벌을 받았는데, 높은 산꼭대기까지 돌을 올리는 일이다. 간신히 올려놓고 나면 그 돌은 골짜기 반대편으로 굴러떨어진다. 시지프스는 반대편 골짜기에서 다시 밀어 올린다. 꼭대기까지 올리고 나면 다시 또 반대편으로 떨어지는 돌이다.

    이 형벌의 어려움은 돌의 무게가 아니라, 끝을 모른다는 점이다. 끝없는 고통이다. 유치장 근무를 하면서 느끼는 암울한 기분이며 답답함이 무엇인가 생각해 보니, 끝없는 반복의 일상이다. 때가 되어 보내고 나면 비슷한 현상으로 다시 채워지는 유치장 풍경이 그런 느낌이다. 그 안에서 지친 가짐으로 기다리는 사람들이나, 매일 먹고 자고 출근하고 퇴근하는 일상의 반복이 큰 틀에서 보면 비슷할지 모르겠다. 다만 반복의 일상에서 의미를 부여하는 일, 보람을 찾을 수 있는 부분으로 보면 천양지차다.

    알베르 카뮈가 말하는 인간의 부조리는, 근본적으로 완전함 '완전한 의식'을 원하지만 결코 얻을 수 없다는 점이다.

유치장은 24시간 근무하고 24시간 휴무인 교대 근무다. 아침 9시부터 근무 교대를 하려면 집에서는 7시에 일어나 준비하고 출발한다. 다음 날 9시 교대를 하면 땡~ 하고 집에 오는 게 아니다. 주간 근무를 하는 내근 근무자들과 환담 잡담이 이어진다. 집에 필요한 물건 있으면 시장을 들러 이것저것 물건을 구입한다. 부모님이 편찮으시거나 일손 부족하면 뜬눈으로 지새운 몸으로 잠깐 일하기도 하면서 집에 돌아와 그대로 자빠지고 마는 시간의 연속이다.

그러거나 말거나 봉급이나 넉넉하면 좋겠는데, 1983년 12월 급여는 보너스 포함해서 35만 원이다. 근무자들 말 좀 해 보시라! 처자식 먹이고 살아가는 데 별문제 없으셨는지, 업무상 보람은 얼마나 느끼셨는지, 앞날에 대한 기대와 포부는 얼마나 되셨는지. 달리 방법이 없으니까 그냥 버티셨는지! 혹시 내부에 직원이나 상급자에 대한 분노는 없었는지? 인사 발령이 얼마나 공정하다고, 생각됐는지 말해 보시라!

그럭저럭 유치장 근무가 1년이 다 되어 간다. 이쯤이면 이동을 해야 한다는 걸 자타가 인정하는 분위기다. 하도 답답하여 역파를 지원했다. 역전 파출소를 말한다. 왠지 역동적일 것 같은 느낌이고, 경찰관으로서 한 번은 부딪쳐 보고 싶은 치열한 삶의 현장으로 들어가고 싶어 서다.

발령은 쉽게 났다. 이 부분도 뒤늦게 알고 보니 대다수가 기피하는 근무지다. 담금질 없이, 부연 설명 없이 발령이 난 것이다. 역파는 지서에 비해 직원이 많다. 당연한 소리지만 방범 치안 사건 요인이 많으니까, 지서에 비해 인력이 두 배다. 3교대 근무로 편성되었다. 주, 야, 비 근무다. 시간으로 보면 유치장 근무 시간과 비슷하다.

참 희한하기도 하지. 역파에서 하루 낮밤 근무했는데, 유치장 근무가 그립다. 유치장 근무할 때도 마찬가지다. 그 전, 섬 근무가 훨씬 자유롭고 편했다는 생각이 들었다. 부서를 옮길 때마다 새 근무지에 대한 기대감보다 불편이 앞서 보인다. 그리고 늘 지난 근무지가 익숙하다는 생각이 든다.

역전 파출소

　사람이 많이 모이면 무엇이 좋을까! 책에서 배운 것은 도심의 형성이다. 좋은 일터가 많고, 문화 시설도 좋고 공공기관 공기업 대기업 병·의원도 많고 좋고, 교통 시설도 좋고, 교육 시설도 교육 수준도, 높고 좋은 것 일색이다.

　그래서 사람은 서울로 보내고 말은 제주도로 보내자는 말이다. 이렇게 좋은 점만 있을까! 사람이 많으니까 많은 일자리를 놓고 양질을 따지므로 빈부격차가 생긴다. 경제적 대물림은 교육의 대물림으로 이어지고, 보이지 않는 상류층과 하층민의 구조가 형성된다. 각종 오염물질 공기 오염, 수질 오염, 교통사고, 인사 사고, 범죄 증가…. 사람이 많이 모이는 곳의 현상이다. 도심의 중심지는 역驛 정거장이다. 버스 정류장이 있고, 기차가 서는 기차역의 역전의 파출소는 1년 내내 불야성이다. 불빛만 밝은 게 아니라 여러 사람의 여러 가지 소리로 가득 찬 곳이다. 아무 데서나 볼 수 없는 기인 열전이 벌어지는 극장이다.

　어느 지역이나 역전 파출소는 최고로 번잡한 곳이다. 사건으로 엮어지는 것 외에 잠시라도 왔다가 소란 피우고 가는 사람들을 계산해 보면, 한시도 조용할 틈이 없다.

차비가 없다고 오는 사람이 있다. 돈 달라는 말이다. 배고프다고 오는 사람이 있다. 돈 달라는 말이다. 어디 장소를 모른다고 오는 사람은 양반이고, 자기가 누군지 모른다고 집을 찾아 달라는 사람, 물건을 사 달라고 하는 사람, 아프다는 사람, 잠깐 쉬어 가겠다고 오는 사람, 싸우다 말고 피해자로 도망 오는 사람, 두들겨 패다 말고 파출소로 끌고 오는 사람, 별별 사람들이 오락가락하는 역파의 애환은 이루 말할 길 없다. 직접 찾아오는 것보다 신고 전화는 더 많다. 누가 길거리에 쓰러져 있다. 그곳이 어디든지, 얼마나 험한지 따지지도 말고 출동해야 하는 게 경찰이다. 순간에 의해 목숨이 왔다 가는 경우가 있다.

교통사고라도 그렇고, 불이 났다 해도 그렇고, 집에서 혼자 아프다는 경우도 달려간다. 촌각을 다투기 때문이다.

잘해야 본전이면 하지 말고, 밑져도 본전이면 해야 한다는 경제 논리가 있다. 경찰도 먹고살기 위한 직업으로 보자면 어렵고 힘든 일을 피해야 한다. 경찰이 힘들고 어려운 일을 빼고 나면 무슨 일을 하게 될까! 결국은 전부가 어렵다는 이야기다.

오나가나 주취자가 제일 말썽이다. 제일 많이 발생하기 때문이다. 말이 통하지 않기 때문이다. 힘이 장사기 때문이다. 주정뱅이 한 사람이 난동을 부리기 시작하면, 이를 제압하는 경찰이 두셋은 협동해야 한다. 한바탕 몸부림을 제어시키고 나면, 바닥에 어지럽힌 흔적들을 치워야 한다. 경찰도 사람인지라, 한두 번 힘을 쓰고 나면 온몸이 풀어진다. 한 건이 마무리되기도 전에 사건 신고가 들어오고, 출동 중 다시 또 신고 전화가 들어온다. 현장에서 피의자를 데리고 간신히 들어오면, 엎어지고 고꾸라지고 기어다니는 인간들로 사무실이 시끌벅적하다. 욕하고 덤비고 부수며 난장판이다. 실랑이를 벌이며 옷도 찢겨보고 단추 잃는 것은 부지기수다.

역파에서 근무하면서 처음으로 경찰을 그만두고 싶어졌다. 끝까지 갈 것 같지 않다. 언젠가 사표를 쓸 것 같다는 생각이 막연하게 들었다. 주변 환경이 열악한 주점과 먹자골목이다.

공공연히 운영하는 윤락가와 숙소가 밀집되어 있으니 잠시도 안정감이 없다. 이 지역민이 아닌 뜨내기 불량배도 파출소를 긴장하게 만든다. 이런 모든 업무의 어려움보다 더 어려운 건 직원 간 불통이 주는 스트레스였다. 조별로 근무하니 팀장이 지시하는 대로 따라야 한다. 근무 일지대로, 사건이 발생하면 운영 지침대로 하면 될 것 같은데, 아주 애매하게 사람을 힘들게 하는 팀장이 있다. 동시 신고를 받을 경우에는 위급 상황인 쪽으로 출동하고, 동시에 위급하다면, 지원을 요청하는 게 순서다. 빠른 결정 빠른 대처가 요구되는 시간에 어떤 팀장은 직원 보고 알아서 출동하라고 한다. 잘 처리되면 팀장 능력이고, 일이 잘못되면 직원의 책임으로 돌리는 거다. 자기가 시켜 놓고, 발뺌하는 경우도 있다. 야단까지 친다.

무슨 일을 그렇게 하느냐고 면박을 하는 그 낯짝과 도저히 함께하기 어렵다는 생각이다. 일반인의 언어폭력, 몸싸움은 그럭저럭 견딜만하다. 하지만 함께 근무하는 상급자의 교활함 앞에는 이성을 부지하기가 참으로 어렵다. 사건은 직원이 처리하고, 저는 뒷구멍으로 돈이나 챙겨 받아먹고, 잘된 사건은 제 공로요, 잘못된 일은 직원들이 잘못이라는 뻔뻔함, 그 부도덕, 그 불의 그 부정은 이성을 마비시킨다.

'일어탁수—魚濁水'다. 미꾸라지다. 맑은 물을 헤집고 돌아다니는 바람에 주위 물을 흐리게 하는 주인공이다. 그러니까 정직하고 반듯하게 살아가는 경찰들이 부도덕한 이미지를 덮어쓰는 것이다. 밖에 있는 공공의 적은 언젠가 잡아버리면 된다. 내부에 도사리고 있는 공공의 적은 쉽게 표시가 나지 않는다. 설사 알고 있다 해도, 내 자신이 옷을 벗는다는 각오가 아니고는, 치욕을 안고 살아야 한다.

이런 게 또 손바닥은 싹싹 잘 비벼 대며 포상도 받아 낸다. 일명 신 쪽제비라는 별칭을 얻은 인물이 떠오른다.

위선(僞善)

위선은 최고 속임수다. 노골적인 악보다 훨씬 더 불쾌하다. 위악 僞惡은 그리 악한 본질이 아닌데, 악한 척 꾸미는 것이다. 위선자 가 나쁜가? 위악자가 나쁜가? 둘 다 나쁘지만 군이 구분하라면 위선자가 더 나쁘다고 하겠다. 위악자는 악행이 눈에 보이기 때문 에 대처할 수 있지만, 위선자는 피해 사실을 인지하기 전까지 선 량함으로 포장하기 때문이다.

위선자는 사회적으로 상석에 앉아 있는 경우가 많고, 위악자는 사회적으로 하층민으로 살아가는 경우가 많기 때문이다.

위선자는 혼자서도 선행을 가장할 수 있는 반면, 위악자는 반 드시 떼를 지어 다녀야 위력이 있어 보이기 때문이다.

위선자는 죄상이 드러나도 빠져나가는 재주가 있고, 위악자는 한번 걸려들면 일망타진 빠져나가기 어렵기 때문이다.

위선자나 위악자나 주변에 해악을 끼치는 공통점이 있으나, 위 선은 끝까지 아닌 척하고, 위악은 처음부터 끝까지 악행을 감추려 하지 않는다. 그래서 위선자가 더 나쁘다.

1980년 김 순경 이야기

위선자를 팀장으로 두고 근무를 한다는 건 참으로 힘들다. 다행히 소장님이 강직하고 자상하시다. 말하지 않아도 조금 알고 있는 분위기다. 조회할 때 돌려 말하기로 직원 간 질서 협력을 강조하신다. 특히 팀장의 중요함을 역설하신다.

힘들어도 주민들의 안전을 위해 늘 깨어 있어야 하고, 품행에 문제가 있는 자들과 대립각을 세우고 있으므로 언제든지 협력해야 한다. 근무하는 동안은 전시라 생각하라. 동료는 전우다. 언젠가 헤어지는 데 돌아서서 나쁜 이미지를 남기지 말자. 견리사의見利思義 금전 문제나 포상 문제, 진급 문제를 놓고, 부정한 이익을 챙기지 말라고 하셨다. 누군가를 밟고 올라선 자리는 반드시 몇 배의 대가를 치르고 내려오더라는 예화를 자주 들려주셨다. 정당하게 일하고 좋았다면 멋진 일이다. 애써 일하고도 좋지 않은 결과라도 맘 상하지 마라. 그것도 멋진 경험이다. 당장 받는 박수 소리보다, 퇴장할 때 박수가 진실의 소리다. 우리 직업은 이 점을 기억해야 한다.

비상 근무

　근무 중에서 제일 듣고 싶지 않은 근무다. 정상 근무 시간에 비상이 떨어졌다가 근무 끝날 무렵에 비상 해제 된다면 초 땡큐다. 아무런 지장 없이 끝나고 집에 가면 되니까 괜찮다.

　하지만 비상사태가 내 입맛대로 되겠는가! 주·야간 24시 유난히 힘든 근무를 마치고 교대하는 순간, 비상이 떨어지면 그대로 돌부처가 된다. '그대로 멈춰라!' 놀이라면 좋겠다.

　경찰의 비상 근무에는 비상 상황에 따라 갑, 을, 병으로 나뉜다.

　을, 병 체제는 익숙하다. 비가 너무 많이 와서 주민 생활에 문제가 심하게 발생할 때, 산불이 크게 났을 때, 기타 재난으로 경찰력이 필요할 때는 지엽적으로 비상 근무가 발생한다. 갑호 비상은 전국 단계다. 진돗개 하나 발령이 83. 10. 9 한글날에 떨어졌다. 미얀마에 간 대통령과 황금 내각 일행이 버마 아웅산 묘지에서 대규모 폭발에 휘말렸다. 우리는 즉시 갑호 비상령에 임했다. 모든 가용 경력 전원 동원, 휴가 중지, 지휘관 정착 근무, 비번자 전원 대기, 전시에 준하는 가장 높은 비상 발령 대기 상태다. 혹시 전쟁이 나면 어쩌나 걱정되었다.

전쟁 걱정은 유야무야 흐려지고 비상령이 해제될 무렵 또다시 갑호령이 떨어졌다. 11. 12 미국 레이건 대통령 방한이다. 서울에 머물 예정인데 전국 비상령이 떨어진 것이다.

당일 근무자를 제외한 비번자들은 가동되어, 현 위치 대기 또는 서울로 집합되었다. 지정 장소에 이선 경호 경비를 서는데, 전일에 주변 숙소에서 잠을 자야 하기 때문이다.

간만에, 덕분에, 개인 가방을 챙기고 집을 떠났다. 긴장이 아니라 여행가는 기분이 들었다. 같은 장소에서 근무 지정된 직원과 같이 기차를 타고 서울역에서 내렸다. 친인척이 있는 사람은 개인적으로 방문하고, 아무도 없는 사람은 근무지 부근에서 숙소를 잡았다. 집 떠나면 개고생이라는 말은 아닌 것 같다. 모처럼 집 떠나니까 왠지 편안하다. 공적으로 집을 떠나서 그런 것인지 모르겠다. 아무튼 내일 레이건 대통령이 우리가 지키는 지역을 지나지 않았으면 좋겠다는 생각뿐이다. 술 한잔 마시고 비표 챙기고 잠이 들었다.

서울의 거리는 희망의 거리, 태양의 거리에는 희망이 솟네 타이프 소리로 해가 저무는 빌딩가에서는 웃음이 솟네~♬

서울 찬가 노래를 인정하기 어렵다. 살아봐야 알겠지만 웃음이 솟는 희망의 거리인지 잘 모르겠다. 너무나 많은 사람이 자연스럽게 오고 가는 모습이 신기하다. 거대한 빌딩의 주인은 누구란 말인가! 건물마다 주인이 있을 텐데 가격은 얼마일까! 대대손손 먹고사는 데 지장 없을 것 같다.

무사히 경호 위치를 지키고 돌아오는 길, 마음이 편하기도 하고, 한쪽이 불편하기도 한 모호한 심정을 느낀다. 시골 역전 파출소도 근무가 어려워서, 이 직업을 계속 해야 하나, 뭐 다른 것 해먹고살 일 없을까 하던 마음이 아득하게 느껴진다. 서울에서 근무하는 직원들은 시골 경찰과 다른 뭔가 있을 것 같다. 송충이는 솔잎을 먹고 살아야 한다는 말을 되새긴다. 사람은 환경에 적응할 줄 안다고 하니 언제든지 어디든지 적응해야 하겠지. 일단 내 집이 최고다.

진짜 리더 홍 소장님

"김 순경, 착헌 끝은 있다고 했어. 봉급이 적으니까 가끔 금전 유혹이 있을 때가 있어. 만약에, 천 원을 받아먹으면 천 원어치 이상으로 대가를 치러야 돼. 사건을 봐 달라든지 아무것도 해 주는 게 없이 받으면 그만큼 염치없는 사람이 되는 거고, 그러다 얄잡히게 돼. 우리 직업은 말이야, 금전에 좌우되지 않고 일을 하면 말이야, 참 멋진 직업이라고 보네. 지금도 어린애들 희망 직업에서 경찰관이 되겠다는 애들 많아.

그게 뭐겠어. 정의로움이지. 악한 놈을 잡아가는 정의로운 이미지 때문에 어린이들이 좋아하는 거지. 왜 그런 말 있잖어! 어린아이들에게 존경받는 직업이 최고라고 하지. 그리고 시간이 마땅하지 않지만, 틈틈이 진급시험 공부하는 게 좋아. 툭하면 그만두고 싶을 때가 있지만, 그만두면 뭘 하겠나.

나도 그만두고 싶을 때가 한두 번 아니었지만, 하다 보니 예까지 왔네. 돌아보면 중도 하차하고 불명예 퇴임한 사람이 꽤 많았어. 건강 챙기고 마음 챙기고 떳떳하게 살아봐!"

'홍인표 소장님'을 만난 건 행운이다. 앞날을 놓고 잠깐 흔들릴 뻔할 때, 보약 같은 말씀을 주셨다. 몸소 실천하며 모범을 보여주신 분이다. 이전에도 좋은 분을 만났지만 이렇게 반듯하게 이끌어 주신 분은 처음이자 마지막이다.

여름이면 역파에는 파리보다 더 많은 사람으로 북적인다. 인근에 해수욕장이 있어 기차를 타고 오고 가는 사람들이 해수욕장 모래알처럼 보인다. 역전 파출소답게 넘실거리는 인파와 넘실거리는 사건들로 폭발할 것 같은 열기다. 근무 지원이 생기고, 전경까지 늘어나니까 위안이 된다. 싸움판에서는 뭐니 뭐니 해도 쪽수가 최고요, 공권력도 쪽수와 장비 발로 기세가 생기고 위엄이 생긴다고 본다. 동시다발로 몰아치는 상황에서도 엔간히 적응하고 있다. 욕빨 말빨 어느 이빨에도 주눅 들지 않고 담담히 대처하는 여유가 생긴다. 누가 해도 할 일이면 하는 것이고, 누구도 하지 못할 일이라면 못하는 것이 정답이다.

리더란, 높은 산 높은 봉우리에서 제일 먼저 눈을 맞고, 가장 늦게까지 눈을 이고 서 있는 자리라는 말이 있다. 참으로 멋진 의미지만, 한편으로는 외롭고 고독함을 상징한다. 왕관을 쓰려면 그 무게를 견뎌야 한다는 말과 연관된다. 멋진 모습만큼 자리를 지켜야 하는 책무의 상징이다.

리더란 자기 일신 안위보다 조직의 안위가 먼저다. 그래서 시작과 마무리까지 총괄 책임져야 하는 자리다. 리더는 조직원의 개성과 능력을 파악하고, 알맞은 부서에 배치해야 한다. 그런 리더도 있지만 빽이나 돈줄 잡고 보직을 배치하는 경우가 하도 많았기에 하는 말이다.

능동적 분업이 활기차게 움직여서 협업을 원활하게 하는 이가 리더다. 1980년대 관료 사회, 조직 사회에서 상명하복을 목숨줄처럼 받들어야 했지만 해도 너무한 경우가 많았다. 하급 직원들의 타당한 판단에 귀 기울일 줄 아는 리더, 하의상달에 주저함이 없던 보석 같은 리더가 귀했다.

전장에는 용장, 지장, 덕장勇將, 智將, 德將이 최고다. 총알이 빗발치는 전장에서 앞으로 돌격을 외치며, 맨 앞에서 죽기로 달리는 소대장 중대장들이 실전 용장이다. 역사의 뒤안길을 보면 강재구 소령 같은 용장이 있고, 저만 슬쩍 빠지고 부하만 사지로 몰아넣는 치졸한 장군이 있었다. 전장에는 지피지기면 백전백승이라 했다. 피아 상황 파악과 지형지물을 이용해서 정확한 전략을 짜야 하는 지장의 역할이 막중하다. 여기에 또 중요한 것은 덕목이다. 모든 병사가 무조건 따르고 싶은 리더 덕장을 말한다.

요즘 리더는 현장現將이 추가된다고 한다. 탁상공론이 아니라 현장을 알고 지도하라는 의미다. 우리 역사에는 이렇게 용감한 용장이 있었고, 기가 막힌 지략적 지장이 있었다. 전군을 덕성으로 이끈 덕장이며 몸소 현장을 누비며 생활한 현장賢將. 現將이 계셨으니 이 완벽한 리더가 바로 충무공이고 우리 홍 소장님이다.

옛날이나 지금이나 전술은 바뀌어도 전략은 영원하다. 현장은 책으로 배운 것과 맞지 않는 경우가 많다. 또한 말로 다 설명할 수 없는 게 너무 많다. 그러므로 지도자는 리더는 현장에서 직접 부딪쳐 봐야 한다. 사건 현장에서 직원들이 엎어지고 깨지는 현장에서 함께 터져 보기도 하고 다쳐 보기도 하고, 쌍욕도 들어 봐야 실감한다. 홍 소장님이 그런 분이다. 말로만 지시하는 게 아니라, 현장의 감정까지 이해하시는 분이다. 그래서 비난에는 자격이 필요하다.

그리고 자격을 갖춘 지도자는 직원을 함부로 비난하지 않는다. 알기 때문이다. 솔선수범이다. 지도는 말로 하는 게 아니라 등으로 보여주는 것이다. 역파에서의 기억은 혼란으로 가득하지만, 소장님 인품으로 잠재울 수 있었다. 남자는 자기를 인정하면 의리를 지키고, 여자는 자기를 알아주면 정절을 지킨다는 말이 있다. 다른 사람이 몰라 줘도 소장님께 인정받고 싶었다. 다음에 어느 근무지라도 다시 만나고 싶은 분이다.

닮음

인간은 자기가 경험하는 것에서 배우면서 물들어간다. 익숙함이 배어서 자기 존재가 되고, 알게 모르게 주변을 물들이게 된다. 붉은색을 가까이하면 붉은 물, 검은색을 가까이하면 검게 물든다는 말을 현실에서 보고 있다.

집안 내력이 그것이다. 부모의 행실이나 직업이 대물림하듯 함께 근무한 직장 상사의 언행을 답습하는 경우가 있다. 악질을 만나 모진 고생을 하면서 나는 그러지 말아야지 다짐해도 악질이 되는 경우가 그렇다. 범법자들 유형도 그렇다. 다시는 그러지 말아야지, 맘먹기도 하겠지만, 출소 후 바로 제집인 양 되돌아오는 경우가 닮았다. 나도 그렇다. 근무하는 동안 본받아야겠다는 생각을 심어 준 분이 홍 소장님이다. 단정하고 조용한 성정에 강직한 포스가 멋지다. 체구가 큰 편은 아닌데 단단해 보인다. 사건에서 어떤 청탁, 어떤 협박에도 요지부동인 모습이 멋지다. 말씀이 조용해도 당당하고 무게감이 있다. 닮고 싶다.

지서 파출소는 일반인들이 기피하는 경향이 있는데 뜻밖에 잡상인이 많이 들어온다. 물건 이래야 칫솔 몇 개 묶은 것 볼펜도 들고 오고, 수세미, 카세트테이프, 무슨 약 종류 등 일반 제품보다 품질이 떨어지는 물건들이다. 그리고 비싸다.

소장님은 때마다 이들의 물건을 한두 개씩 구입하신다. 생활비에 지장을 줄 것 같다. 필요하지도 않는데 왜 사느냐 여쭈면, 살아 보려는 자세가 기특해서 산다는 말씀이다. 근무할 때 몇 번 사서 집에 들고 갔다가 면박만 들었다. 쓸모없는 물건들이니 그냥 도와주고 말라는 말이다.

소장님도 집에서 그런 소리 들었을 것 같아서 여쭤봤다. 안 그래도 적은 봉급에, 집사람이 잘했다고 하겠는가! 용돈으로 충당할 만큼만 사고, 그 물건은 집으로 들이지 않는다고 하신다. 필요한 사람 주면 되는 거지, 시시콜콜 말할 게 뭐가 있느냐, 작은 일을 티 내면 자잘해지니까 그런 일은 남모르게 넘어가는 게 좋다고 하신다.

경찰이 할 일, 안 해도 될 일, 가지가지 여러 가지다.

차비가 떨어졌다고 빙자하는 사람이 종종 들어온다. 우리 소장님 이런 부분은 야멸차다. 한번은 그 사람에게 어디까지 가야 하냐고 물어보셨다. 용산역까지 가야 하는데 배고프니까 뭐 좀 먹고 차비 하게 오천 원만 달라고 했다. 집에 가서 돈을 보내드릴 테니까 한 번 믿고 돈을 달라~! 50살 내외로 보이는 비교적 말끔한 모습인 중년 신사다.

소장님은 그 사람에게 빵을 사주고 기차역에 데리고 갔다 역 사무실에 가서 역장에게 이 사람을 반드시 기차에 태워 달라. 용산역에 내리게 하라고 부탁했다. 그 사람은 다음 열차에 간다며 자꾸 미루고 소장님은 꼭 타고 가라며 권고하신다. 정말 용산에 갈 사람이 아니라서 버릇을 고치려 하셨다.

그 후 푼 돈을 얻어서 술이나 마실 목적으로 들어오는 사람과, 도움이 필요한 사람을 구분하기까지 시행착오가 몇 번 있었다. 나도 여러 번 겪다 보니 척~ 보면 알겠다.

악惡은 평범과 사소함이라는 가면 속에서 싹트고 성장한다. 자주 접하다 보면 잘 찾아낸다. 짬이고 숙련의 결과다.

동물의 집단은 유유상종이다. 끼리끼리 논다는 말이다. 그것을 옳고 나쁨으로 말하고자 하는 게 아니라, 생리가 그렇다. 초록草綠은 동색同色이듯, 도긴개긴 그놈이 그놈이고, 저놈들도 같은 놈들이다. 사기로 들어온 자들은 사기로 대화한다. 사기꾼끼리도 급이 있어, 특경 사범은 특경끼리 대화가 통하나 보다. 폭력은 폭력끼리, 간통은 간통끼리 화법이 통하고, 공감대를 형성한다. 한순간 마음이 착착 통하는 듯하다가, 저들끼리 틀어지면, 또 죽이네 살리네, 두고 보자를 반복한다. 합이 맞으면 다음을 기약하며 서로 기술을 전수하고 연마하는 특징이 이들의 닮음에 있다.

제일 많이 닮은 점은 화술이다. 떠버리, 허무맹랑한 허풍이다. 사업이며 인맥에 과장법이다. 정·재계에 불가능 없는 인맥이 포진하고 있다. 풀리지 않아 그렇지 거대한 자금력을 보유한 자들이다. 어쩌다 재수 없어서 들어왔을 뿐이다.

함부로 건드리지 마라. 밤길들 조심해라~ 나가서 보자!

그 동네 인물들은 그렇다 치고, 우리 경찰 조직을 보면 은근히 비슷한 면이 있다. 아첨은 아첨을 낳고, 강직은 강직을 생산한다고 본다. 비교적 구리게 살아가는 인물들은 비교적 구린 것들끼리 알맞게 들러붙어 서로 아첨한다. 스스로 비열하고 비굴한 걸 알고 있을 것이다.

솔직히 자신이 붙어 다니는 인물의 속내도 알고 있을 것이다. 왜냐하면 사람은 자기 스스로 잘 알고 있으니까 말이다. 남을 팔아서 이익을 보고, 남을 밟고서 진급하는 걸 삶의 보람으로 보는 부류들이다. 사람으로서 욕심이 전혀 없다면 평범한 사람이 아니다. 일반적으로 부와 권력에 대한 기본적인 욕망이 있는 게 당연하지만, 남의 눈물과 분노를 딛고 오른 자리가 과연 영광스러운 자리일까! 말을 안 할 뿐이지 주변은 다 알고 있다.

허상의 자리에서 우쭐거리는 모습은 블랙 코미디다. 그런 입에서 나온 말은 아무리 멋진 말을 해도 빈 깡통의 울림과 같다. 언행일치가 아니기 때문이다 일상에서 의인을 본다. 사사로운 일상에서 실천하는 사람들을 의인이라고 본다. 작은 일에 불의하면 큰일에 불의하다고 하지 않는가! 자기 일, 자기 책임을 전가하지 않고 스스로 감당하는 소시민들이 작은 의인들이다.

계급사회인 우리 경찰도 마찬가지다. 계급에 맞는 실무 능력이 있고, 그만한 인품이 있으면 마찰이 생기지 않는다. 문제는 진급을 야매로 하는 경우다. 우리 홍 소장님처럼 깔끔하게 시험으로 진급하면 잡음이 없는데, 심사로 진급하는 과정에 뒷말이 생기기도 한다. 누구는 얼마 퍼 주고 진급했다더라, 누구는 남의 상貰점을 빼돌려서 진급하고, 누구는 빽줄이 동아줄이라 그럴 줄 알았다. 현대판 음서제도요, 삼정의 문란에 등장했던 공명첩이라~

사실이 아닐 수도, 사실일 수도 있는 뒷담화 잔치다. 내가 이나마 순경으로서 비교적, 바름을 지향하는 것은 초임지 노 차석님과 홍인표 소장님 같은 상사를 만난 덕분이다. 그분의 언행을 따르고 싶은 마음이다.

홍 소장님 어록

    소장님은 자연주의 사상가 장자 이야기를 가끔 하신다. 장자는 노자와 더불어 노장사상의 청담가인데, 우리처럼 세속에서 범죄자들을 가까이하고 사는 직업과 거리가 있다. 소장님께서는 그래서 더욱 고전을 들여다본다고 하신다. 특히 장자의 무위 사상이 좋아서, 나중에 퇴임하면 시골에 집을 짓고 장자처럼 살고 싶다는 말씀을 하셨다. 존경하는 분이 뭔가 좋아한다고 하면 나도 따라 좋아지고, 좋은 글을 말씀하시면 나도 따라 그 글이 좋아지는 것 같다.

    한번은 장자의 조릉 이야기를 들려주셨다. 조릉雕陵은 중요한 유적지 아니면 사적지쯤으로 이해된다. 어느 날 장자가 조릉을 지나가는데 희한하게 생긴 까치가 한 마리 앉아 있다. 마침 장자는 활을 갖고 있어서 겨누려고 하는데, 까치가 나름 집중해서 뭔가를 보고 있다. 까치의 눈길이 머무는 곳을 보니, 사마귀가 있다. 사마귀는 사마귀대로 매미를 잡아먹으려고 공격 준비를 하고 있다. 매미는 아무것도 모르고 노래하고 있었다. 아~ 이 미물들은 바로 당할 다음 일을 모르는구나!

장자가 활시위를 당기기만 하면 까치는 죽는다. 저 죽을 줄 모르고 사마귀를 잡아먹으려고 하다니, 참 어리석기도 하지. 사마귀도 그렇다. 바로 까치밥이 될 신세인 줄 모르고 매미를 잡아먹을 생각이니 이 또한 한 치 앞을 모르는 일이다. 매미는 어떤가. 사마귀 밥이 될 운명인 줄 모르고 신나게 노래를 부르고 있다. 장자는 이들의 관계를 지켜보면서 큰 깨달음을 얻는다. 만물은 이렇게 서로 연결되어 있구나~

눈앞에 일을 모르고 노래하는 매미나 사람들의 운명이나 다를 게 없다고 생각하며 조릉을 나가는데, 누군가 크게 야단친다. '누군데 허락도 없이 조릉에 들어온단 말이오!' 조릉을 지키는 사람이다. 장자는 아무 말 못 하고 돌아왔다. 결국 장자 자신도 누군가 표적이라는 걸 몰랐다는 말이다. 소장님은 모든 인생이 이와 같다고 말씀하신다. 누가 앞서고 뒤서고 할 문제가 아니다. 우리도 계급사회에서 만났지만, 단지 먼저 와서, 먼저 사라지는 것뿐이라고 하셨다.

사람은 일생을 살면서 서로 영향력을 주고받는데 인맥의 평균을 대략 200명으로 본다. 태생적으로 연결된 핏줄을 포함해서 지연과 학연 직장의 연까지, 더 많을 수 있고, 적을 수 있겠지만 사건이나 출세줄을 보면 그 정도다.

200여 명 속에는 평이하거나 불편하게 하는 이가 있고, 어느 순간 끈이 되는 경우가 있다. 사돈에 팔촌까지 따지면 빽줄 없는 이가 없다는 말이다. 그러니까 대민 관계에 있어서 한 사람 뒤에 보이지 않는 200여 인맥을 고려해야 한다. 잘났다고 설설 길 것 없다. 그의 주변에는 별별 사고뭉치가 있을 수 있다. 모자라다고 무시하지 마라. 그 사람 이면에 누가 있는지 모를 일이다. 정당하게 일 처리를 한다 해도 긁어서 부스럼이 되는 경우가 너무나 많기 때문이다. 너무 주변을 의식해서도 그렇지만, 비굴하면 자신이 제일 먼저 초라해진다. 강자에 약하고, 약자에 강한 경찰이 되어서는 안 된다. 내일 그만둘지라도 공정하고 떳떳하길 바란다.

1980년 김 순경 이야기

순시

지 파출소 근무에서 담당하는 민원과 신고, 사고 처리 외에 불편한 일을 꼽으라면 서장님 순시다. 특히 젊은 초임 서장의 초도 순시는 긴장과 불안 불편이 모두 동반된다. 밑바닥부터 긴 세월을 견뎌온 늙은 지서장이 젊은 서장님을 맞이하느라 사무실을 점검하고 준비하는 모습을 보면, 안쓰럽기도 하다. 순경부터 올라가서 경찰 서장이 되는 경우도 가물에 콩 나듯 있긴 있지만, 대부분 경찰 간부 후보생에서 서장이 배출된다.

일정 시대에는 순경으로 시작해서 순경으로 정년 하는 게 다반사였고, 60년대만 해도 순경으로 정년 했다는 말을 들었다. 경장 달고 경사 달면 지금은 시골 지서장이다. 잎사귀 다 달고 무궁화꽃이 피면 파출소장, 본서 과장급이다. 그런데 무궁화꽃을 네 개단 분이 초도 순시를 오시니 얼마나 까마득한 계급인지 가늠할 길 없다. 초기엔 간부 출신 서장이 많았는데 80년대 이후부터 경찰대 출신 서장님이 등장하셨다. 간부 후보 쪽이 약간 밀리는 증상이 보였다. 품격도 조금 다르게 느껴진다.

어떤 서장님은 말 그대로 순시를 하신다. 현황을 파악하고 근무 잘 하라는 뜻에서 일일이 악수하시며 덕담과 격려를 하신다. 지서 앞에서 기념사진을 찍는데도 훈훈하다. 어떤 서장은 자기 존재를 부각시키는 게 우선이다. 지적할 것을 찾으려고 작정한 것처럼 두리번거리며 가오와 엄포를 남기고 간다.

초도 순시처럼 일정이 있는 순시는 조금 낫다. 미리 청소하고 이것저것 준비할 수 있으니까 시간에 여유가 있다. 앞서 순시한 지파로 뭘 물어보던가, 음료는 뭘 마시던가, 취향을 예측하기도 하고 분위기 공조가 가능하다. 그런데 부지불식 느닷없이 순시를 오는 경우가 있다. 지나가다 들르면 그나마 낫지, 밤잠 안 자고 암행 순찰을 오는 경우가 있다. 이건 100% 잡아 돌리려는 심사다. 순찰 시간에 잠깐 잠자다 들키는 경우가 가끔 있고, 서장이 문밖에 온 줄 모르고 졸다 들키거나, 야식 먹다 걸리는 경우, 가지가지다. 원칙을 운운하기 전에, 먹다가 혼나는 건 비참하다.

느닷없는 암행 순시는 격려 차원보다 잡기 차원이다. 잡힐 일이 없으면, 아~고 우리 직원이 아주 근무 잘하는구나~ 하고 뿌듯해하며 격려 내지 덕담을 남기시든지, 음료수라도 한 잔 사주고 가시면 기분이 좋아질 것이다. 하지만 그런 경우는 복권 당첨을 기대하는 것과 같다. 잡으러 왔는데 잡힐 일이 없으면 기분이 꽝일 테니까, 적당히 잡혀야 가오가 시퍼렇게 서는 법이지.

1980년 김 순경 이야기

그다음에 반응하는 지서장 모습도 다양하다. 속상하시겠지. 누구는 직원이 일 잘해서 칭찬받는데, 누구는 이래저래 지적받고 한 소리 들으니 화나겠지. 이미 장전된 울화통을 어디에 쓰나! 괜히 졸병 잡는 거지 뭐. 직원 옹호하고, 총대 메는 소장님도 드물게 계시지만, 그렇지 못한 소장이 많다. 너희 직원 잘못으로 내가 깨진다는 논리를 몇 날 며칠 귀 따갑게 질러 내는 기능 보유자다. 네 탓 교육을 도매로 배운 분이다. 아니면 옛날 교본으로 독학했을 가능성이 매우 크다. 본받을 것이 없다. 이런 상사는 피해야 하는 인간 재해다.

친구

　고등학교 친구이자 같은 길을 가는 경찰의 만남이다. 그동안 전화로 가끔 안부는 주고받았지만, 만나는 건 처음이다. 학교는 같은 해 졸업했는데 경찰 입문은 서로 다르다. 내가 제일 빠르고 제일 좋아하는 형목이 친구가 들어왔다. 그다음 해 한 친구가 들어와서 경찰로는 선후배 사이가 된 셈이다. 한번 만나자 만나자 하면서 실제 대면한 것은 처음이다. 아마도 졸업 후 10년이 넘었지. 엊그제 졸업한 것 같은데 그새 10여 년이라니 세월 참 빠르다. 그동안 군대 다녀오고, 경찰 입문해서 여러 부서 근무하고, 결혼하고 자식을 두고, 말 그대로 사는 게 바빠서 여유를 내지 못했다.

　매일 근무하고 비번이면 피곤에 쩔어서 쉬어야 하고 애써 짬을 내어 봐야 집안 대소사 참석이다. 어디 외식하고 놀러 가는 일들은 꿈도 꾸지 못했다. 시간도 그렇고, 생활비 여력도 없고 마땅히 입을만한 옷도 없다. 비슷한 생활상이라 편안하다.

　여자 셋이 모인 것 이상으로 테이블에 술잔이 흔들린다. 출가한 여자들 모임에서 시집 이야기 출산 이야기를 하면 청산유수 일가견이라 했다. 남자들 술자리에서 군대 이야기, 더구나 같은 경찰로서 업무 이야기, 조직 이야기, 보람과 고뇌를 빼놓고 말할 수 있겠나! 한 친구는 현재 여름 경찰서 파견 근무고, 한 친구는 외근 형사다. 충남 서해안 바닷가 해안 파출소에 지원 근무를 나갔다가 3박 4일 휴가를 받았다. 형사과 직원은 충북 옥천 경찰서 외근 형사인데 사건이 그리 많지 않은 편이라 무늬만 형사라며 웃는다. 이 친구도 휴가다. 나도 마침 비번이라 하루 저녁 여유를 부리고 있다.

친구도 친구 나름이지, 친구라고 해서 하고 싶은 말은 다 할 수 있는 게 아니다. 툭하면 인마 점마 욕설이 절반인 친구 아닌 친구가 있는가 하면, 형목은 말씨부터 점잖다. 바르고 의로운 고향 친구에다, 같은 길을 가고 있으니 마음이 잘 통하고, 웬만한 농담도 넘어갈 수 있어 좋다. 훗날 이 생활 마치면, 고향에서 가까이 살고 싶은 친구다.

까까머리 학창 시절로 돌아가서 장난을 주고받는다.

"야~ 모범생 순둥이 네가 경찰이 될 줄 몰랐다. 그동안 범인은 하나라도 잡아 봤는감? 어디 어디 근무했어? 결혼은 언제 했어? 누가 꼬셨어? 앞으로 어느 부서에서 근무하고 싶어? 진급은 언제 어떻게 할 것인지 계획은 있는감? 특별한 사건은 무엇이고? 근무자 가운데 이상한 인간은 없었는지? 인사이동 불이익은 없는지? 빽그라운드는 만들었나? 사는 집은 전세여? 월세여? 집은 언제 장만할 것 같은지? 혹시 부정한 돈을 받아 봤나? 있다면 얼마나 받아 봤나?

어느 부서가 물 좋아 돈벌이가 되는지? 우리 직업으로 부자 되어서 살 생각도 하나? 돈을 벌려면 부조리로 한몫 챙기다가 잘리든지, 아니면 뒈지게 공부해서 진급하든지 둘 중에 하나로 길을 잡아야 혀! 아무개는 보약인 줄 알고 먹었는데 쥐약 먹었나 봐, 옷 벗었대. 누구는 면직하고도 자기가 근무하던 유치장으로 잡혀 들어갔다고 하더라!"

벗은 설움에서 반갑고,
님은 사랑해서 좋아라.
딸기 꽃 피어서 향기로운 때를,
고추의 붉은 열매 익어 가는 밤을,
그대여 부르라, 나는 마시리!
김소월의 '님과 벗'이
기막히게 딱 맞아떨어지는 밤이다.

이유 없이 소리 지르고 싶을 때가 있다.
아무 데나 바람처럼 떠돌고 싶을 때가 있다.
그냥 혼자이고 싶을 때가 있다.
아무것도 하고 싶지 않을 때가 있다
남자도 짐승처럼 울고 싶은 때가 있다.

1980년 김 순경 이야기

그러나 그러지 못하는 현실이다.

딱히 잘못한 것 없는데 잘한 것도 없다.

미래가 암울할 것도 없지만 그리 밝은 것도 없다.

그냥 이렇게 살아가는 거다.

과음으로 속은 아프고 쓰리지만, 스트레스는 확 날아갔다. 그동안 말 못 한 '임금님 귀는 당나귀 귀'를 만천하에 공개한 기분이다. 동시대 같은 길목에서 비슷한 고뇌를 놓고 서로 위로가 되었다. 동병상련이다.

역파가 얼마나 힘들고 더러운지 이야기하기 전에 여름 파출소 장면에서 말문이 막혔다. 공자님 앞에서 문자 쓸 뻔했다. 포크레인 앞에서 삽질 자랑할 뻔했다. 번데기 앞에서 주름잡으려다 말았다. 내가 당면하는 잡다한 사건에 비해서, 여름 경찰서 해수욕장 근무는 소돔과 고모라를 보는 듯하다. 놀다가는 구경꾼에게는 장관일 듯하지만. 정복 차림 근무 경찰관 입장에서는 가관이 가관이다.

낮보다 열 배는 복잡하다는 여름 해수욕장의 밤바다. 어떤 시인은 그랬다. 한낮 열기를 식히고 멀리 별빛을 보며 마음을 다독인다고, 저 별은 뉘 별이며 내 별은 어느 것이냐고! 경찰도 여름밤 바닷가 밤하늘을 보며 낭만을 느낄 수 있을까!

여기 우리에 어울리는 배설 문학, 치유 문학은 없을까?

형사의 길

　형사 생활만 5년 차인 친구 이야기다. 경찰 입문할 때 무술 특기로 들어왔다. 일반적으로 시험을 치고 들어오는 경우가 다수지만 가끔 운전 특기, 무술 특기. 군 장교에서 건너오는 특별 수사도 있고 경찰 입문 동기와 루트가 다양한 편이다. 친구는 무술 경관으로 들어올 때 경호로 들어왔다가 형사로 근무하는데, 이쪽도 애환이 이만저만이 아니다. 처음엔 경호 경비가 멋져 보여서 들어오려고 무척 애썼다.

　태권도 유단자로는 부족할 것 같아서 특공 무술, 유도, 검도 닥치는 대로 무술 단증을 취득했다. 바라던 대로 경찰 특채가 되었다. 첫 근무가 청와대 경호 근무였다. 말로만 듣던 경호는 어떻게 하는 거냐? 진짜 대통령을 가까이 보는 거냐? 근처에 장관도 있고 요인들이 바글바글하겠다. 정말 긴장되겠다. 경호에는 원칙이 있는데, 대통령 근접 경호는 경호처에서 담당하고, 주변 근무는 경찰이 자기 구역 담당의 원칙으로 지키고, 원거리 외곽 경비는 군부대에서 맡는 거라고 한다.

　뭔지 모르지만 뽀대 나는 것 같기도 하고, 무섭게 들린다. 은폐를 하든지 엄폐를 하든지 자기 구역 사수, 경우에 따라 자기희생의 원칙으로 요인을 보호하는 게 경호라는 말이다. 무섭지 않냐고 했더니 본인도 무섭더란다. 그래서 근무 1년 만에 지방 경찰로 내려왔지만, 지서 근무는 할 줄 몰라서 못 하겠더라. 사건이 들어오면 장승처럼 뻣뻣하게 있을 뿐이라, 직원들 미안해서 본서 과장님과 면담한 후, 외근 형사로 보직을 받았다고 했다. 잘 찾았다. 그런데 생각한 것보다 어려운 점도 있고 불편함이 많다. 하지만 움직일 부서가 마땅치 않은 게 지금 상황이라는 토로다.

서울 한복판처럼 사람이 많으면 누가 형사인지 알아보기 어려울 텐데, 형사 생활이 길어지다 보니, 시골 사람들이 알아보는 게 문제다. 근무하다 보면 몸을 감춰야 할 때가 훨씬 많은데, 노출되지 않는 게 가장 큰 애로 사항이다. 사건마다, 현장마다 잠재된 위험도 큰 부담이라 한다.

방송에서 형사들을 묘사하는 걸 보면, 현실과 먼 거리가 있다. 사건 현장에서 잠복하는 것부터 차이가 있다. 잠복 근무를 하느라 군밤 장사도 하고, 가게를 얻어서 위장으로 장사도 하고, 찻집에서 차를 마시며 기다리고, 차 안에서 순번대로 잠자는 이, 살피는 이가 부딪치면서 서로서로 공조로 잡아가는 것으로 그려지는 게 드라마다. 현실은 이보다 훨씬 열악하고 고단하다. 형사가 하나의 사건을 해결한 다음에, 다음 사건을 위해 기다리고 잠복하는 게 아니다. 동시다발이다. 사건 몇 개가 동시에 일어나므로 가로 뛰고 세로 뛰는 경우가 다반사다. 군밤 장사 행세도 그렇다. 실제로 그렇게 하는 경우가 드물다. 그럴 만한 수사비 지원도 없고, 하릴없이 한 사건에 매여 있을 수 없기 때문이다. 인력도 부족하다. 너절한 방검복 하나 걸치고 1년 열두 달 혼자 돌아다니는 경우가 허다하다. 사건은 많고 인력이 부족하니, 나뉘어 움직이기 때문이다.

수사과에서 나온 사건을 배당받으면 현장으로 출동한다. 출동에는 긴급 출동이 먼저다. 지금 현재 발생한 사건 중에 일반 지파에서 공조가 들어오면 지체없이 달려가야 한다.

사안에 따라 기동대까지 출동할 수 있고, 사안이 크지 않으면 형사계 직원들이 공조하는 것이다. 잡아들이면 조사계로 넘어가서 다음 단계로 진행된다. 형사는 사건 관련한 범죄 피의자를 추적하고 잠복하고 검거하는 것이 최종 목적이다. 날씨 나쁘다고 검거 작전이 쉬운 게 아니다. 비 오면 비 맞고 눈이 오면 눈길을 달린다. 옷도 매일 잠바만 입는 게 아니다. 옷을 여러 벌 갈아입어야 하는데, 옷값이 따로 나오지 않는다. 식비와 교통비가 지급되지만 어림없다. 삼시 밥만 먹고 돌아다니는 게 아니다. 사무실에서 나오면 시간차를 두고 배회하다가 아는 이 사무실도 들러 본다. 마땅치 않으면 커피 한 잔이라도 마시러 간다. 커피를 마시든지 밥을 먹든지 매번 얻어먹기만 하나! 살 때도 있고 혼자 마실 때도 있다.

협조 좀 합시다

현행 사건이 아닌 다음에는 대부분 장기전 아니면 미제다. 이런 것이 동시다발로 들어온다. 예전 사건이 부활하고, 다른 경찰서 사건과 연계되기도 한다.

방송에서 보이는 형사는 건강하고 멋지고 튼튼하다. 뛰어난 체력과 놀랄만한 끈기가 있다. 범죄자를 보면 단번에 기세가 누를 만큼 눈빛부터 강렬해야 한다. 몸으로 제압하고, 말발로 압도할 만큼 강하고 좋다. 달리기도 무지 잘해서 숨 차는 일이 없다. 범인을 검거할 때도 겁먹지 않는다. 진입과 동시에 퇴로를 완전히 차단하고 전광석화 같은 속도로 범인을 검거한다.

매번 그렇다면 좋겠지만 형사도 깨지고 아플 때가 있다. 애써 잠복하고 마주쳐서 격투하다 처맞고 다칠 때가 있다. 그러다 범인을 놓치기도 한다. 헛고생하고 마냥 허기질 때도 있다. 가장으로서 모양새가 말이 아니다. 처자식에게 미안할 때가 너무 많다. 한 없이 초라하다. 순직이나 해야 뉴스에 나올까. 혹시 다친 경찰이 궁금하면, 경찰 병원에 가 보시라!

범인이 다치면 과잉 진압이 된다. 꼭 그렇게 때려야 하나? 가능한 한 좋은 말로 타이르고 달래서 자수하게 만들어야지 과격한 대응으로 사람을 패는 건 민주 경찰이 아니라 한다. 특히 어린 청소년들을 모욕으로 대하는 건 인성 차원이나 교육적으로 안 좋다. 그렇게 따지고 보면, 부모 같은 분들 할머니 할아버지 같은 분들을 사건 현장에서 대면할 때, 예절을 갖춰야 한다.

시민에게 욕설하지 말고 인권을 보호하고 지키라는 교육을 받았다. 알고 있고 가급적 실행하고 있다. 단지 가끔 예외가 있다는 말이다. 사건 현장을 보고 말하자. 긴급한 상황에 부상자가 속출할 경우 중상자가 나오고 목숨까지 위태로운 지경으로 확대된다. 만취자나 중독자들이 동물적 본성으로 날뛰는 현장에서, 제압과 격리 구호 조치가 일사불란하게 이루어져야 하는데 동료가 얻어터지고 피를 줄줄 흘리고 있어봐라! 이럴 때

'여기서 이러시면 아니 됩니다. 바르게 사셔야지요.'

바른 말, 고운 말이 나올까!

'구무완인'이란 말이 있다. 그의 입에서 말이 나왔다 하면 한 가지도 완전한 것이 없다는 말이다. 뭐라도 트집을 잡는 경우다. 정말 그런 사람이 있고, 그런 사회적 분위기도 있다. 특히 범죄 현장에서 형사가 범인에게 얻어맞았다면, 자질 부족이다. 쪽팔린단 말이다. 때려잡아도 안 되고, 얻어맞아도 안 되고, 뭐든지 인권을 보호하고 다수가 인정할 수 있는 방식으로 사건을 처리하라는 말

씀이다. 이걸 누가 모르나? 이걸 누가 마다하나!

경찰도 사람이라 두렵다. 칼 들고 설치는 인간과 같이 칼 들고 설칠 수 없으니, 방검복 하나 걸치고 맨몸으로 맞서는 것이다. 정이나 위급하면 총기를 사용할 수 있다지만, 권총 사격을 가했을 경우 파장이 얼마나 큰지 아는 사람만 안다. 상황보다 과잉 여부를 따지는 경우가 있다. 적법했느냐? 과잉 쪽으로 기울어지면 국가는 바로 구상권 청구 들어온다. 징계를 받고 보상금을 지불해야 보직이 유지된다.

더 큰 혼란을 막기 위한 필요악인데 안 쓰는 게 낫다.

형사 생활 10여 년, 지나면 사람 보는 눈이 정확해진다. 웃는 게 웃는 게 아니고, 우는 게 우는 게 아니다. 가는 게 가는 게 아니고, 오는 게 오는 것이 아니란 걸 안다. 이 밥을 얻어먹으면 무슨 부탁이 예정되어 있고, 이 술을 얻어먹으면 무슨 꼬리를 달게 되는지도 안다. 더구나 돈 봉투가 들어오면 그다음 어떻게 시달릴지…. 심지 있는 형사들은 안다. 저 사람이 맘 잡고 새사람이 되어서 잘 살 것인지, 아닐지. 이번에 출소한 전과 4범이 5범이 되는 데 얼마나 걸리겠나? 미래를 아주 정확하게 맞춘다.

평소 일선에서 강직하게 업무처리를 한 형사들은, 정년 이후에 안위도 염려하지 않을 수 없다. 심지어 가족의 안위도 염려다. '사람은 무엇으로 사는가'. 소설 제목이다. 여기에서 말하는 포괄적

개념은 사랑이다. 주어진 책임과 의무를 다한 다음에 따르는 희
망과 보람이다. 선량한 사람들이 편안하게 살 수 있도록 보호하
는 역할이다.

 그러나 최전선의 당사자들은 과연 누가 지켜준단 말인가!

감식반(鑑識班) 사 형사

기특한 후배 이야기다. 후배가 아니라면 존경이라는 단어를 사용해도 무리가 없겠다.

사건이 완전히 처리되어 피해자의 원통함이 완전히 풀어진다면, 그나마 경찰로서 할 일을 해냈다는 데 위안이 된다. 각종 사건 현장에서 가장 먼저 현장에 달려오는 부서가 수사 감식반이다. 특히 강력사건에서 열쇠를 찾아내야 하는 역할이다.

언젠가 이 후배 앞에서 사체 이야기를 꺼냈다가 본전도 못 찾았다. 지파에 비해서 세상의 사체라는 사체는 제일 많이 접하는 역할이다. 이 친구는 보직을 한 번도 옮긴 적이 없다. 그야말로 지능감식 과학 수사 일인자라, 누구도 이 친구를 대치할 수 없다. 화성 살인사건 현장이며 세상에 굵직한 사건 현장에서 자주 볼 수 있는 인물이다. 하얀 방호복을 입고 뭔가 찾느라 자신이 어떻게 나오는지 알지 못하는 것 같다. 어쩌다 보니 발 담은 수사과 감식반인데, 처음에 그런 일인 줄 모르고 들어갔다가 지금껏 근무하고 있으며 이제는 천직으로 여긴다.

감식반은 범인 자취를 찾아내는 게 일이다. 교통사고라면 가해 피해가 확실하고 구호와 가해자 조서로 복잡하지만, 분란의 여지가 적은 편이다. 감식이 등장하는 건 뺑소니일 경우다. 살인 용의자가 사라졌을 때 증거를 찾아내는 일이다. 내륜차냐 외륜차냐 회전 차량이냐, 축간거리는 얼마나 되는지, 제동 거리, 스키드마크, 바퀴 자국, 발자국, 블랙 아이스 등 머리카락 하나라도 흔적을 찾아내는 정밀 수사 현장이다.

뉴스에는 조사 장면만 보도되는데, 감식반이 현장에 가 보면 처음 만나는 게 시신이란다. 차마 눈 뜨고 볼 수 없는 처참한 사건 현장부터, 언제 사망했는지 알 수 없는 오래된 시신, 형체도 알 수 없는 비참한 모습이다. 불에 탄 시신, 물에 빠진 시신, 세상에 시신이란 시신을 다 본 것 같다는 사 형사 앞에서 뭐가 무섭더라, 뭐가 더럽더라는 말이 쏙 들어갔다. 나보다 더 힘든 일을 하는데, 말없이 직분을 감당하는 모습이 장하게 느껴졌다. 제 아내는 수사 형사로 알고 있지 시신을 접하는 줄은 모른다고 했다. 차마 그 말은 못 했을 것이라~ 이해한다.

철두철미한 업무처리와 바른 자세 밝은 이미지를 지닌 경찰 우리 직업군에서는 쉽지 않은 자세다. 돌아보면 처음 만났던 노 차석님과 역파 홍 소장님, 그리고 사 형사를 손가락으로 꼽을 수 있겠다. 사 형사는 생활 자세가 맑음이다. 누구에게도 신세를 지지 않는다. 자기를 찾아온 손님에게 직접 물을 끓여 커피를 타 주는 사람이다. 구내식당 밥도 먹지 않는다. 평생 도시락으로 사는 사람이다. 다들 그러려니 하고 밥 먹자고 말을 건네지 않는다.

한번은 그에 집을 방문한 적이 있다. 15평쯤 되는 빌라인데, 금방 지은 집인 듯 깨끗했다. 아들 하나 딸 하나가 있고, 제수씨도 곱고 얌전하니 그냥 현모양처다. 춘하추동 자전거로 출퇴근을 하는 그에게는 경찰 냄새가 없다. 소탈하고 허허~ 웃는 하회탈 이미지다. 들어보면 주변에 적이 없다. 다들 그 사람은 좋은 사람, 바른 사람이라 말한다.

만나면 편안한 사람이 있다. 왠지 불편한 사람이 있다. 사 형사는 지극히 현실적이며 분수를 아는 편안한 사람이다.

112 종합 상황실

　상황실에서 근무 중인 장 순경 이야기다. 지파 근무가 너무 힘들어서 상황실로 자청했다. 24시간 격일 근무인데 일없이 자다 졸다 시간 때우고 퇴근하는 줄 알았다는 것이다. 그런 줄 알았는데, 그렇지 않다는 말이고, 그렇지 않다는 말은 예상보다 힘들다는 말이다. 가만히 앉아서 모니터 보고, 오는 전화를 받기만 하는 건데, 어떤 부분이 힘든 건지 들어보자.

　범죄 신고는 112, 간첩 신고는 113. 요즘 간첩 신고는 거의 없지만, 범죄 신고는 늘어나고 있다. 범죄 신고만 있는 게 아니다. 온갖 잡다한 생활 민원이 112로 들어오고 있다. 긴급 출동을 요구하는 범죄 신고나 위급 상황은 해당 지파에 초고속으로 지령을 전달해야 한다. 24시간 초롱초롱하게 깨어 있어야 하는데, 이게 팔자소관인지, 근무 잘 하는 날은 아무 일이 없다가, 잠깐 졸거나 잠깐 한눈팔 때 일이 터진다.

　긴급 전화 신고자들은 112 전화가 자기 동네 지서나 파출소로 연결되는 줄 아는데 그렇지 않다. 홍보가 미약한가 보다.

112 긴급 전화는 경찰서 종합 상황실에서 접수한다. 종합 상황실은 신고자가 속한 지역의 지서 파출소로 긴급 지령을 전달한다. 그러니까 신고자가 우리 동네 슈퍼마켓 우리 동네 사진관 어디 어디 식으로 위치를 말하는 것보다 주소지를 말하는 게 알아듣기 쉽고 빠르게 대처할 수 있다. 신고는 긴급하니까 출동도 빠르게 해야 한다.

문제는 별일 아닐 때의 허탈감이다. 실제로 별일 아닌 것이 다행이지만 한바탕 헛소동이 벌어지고 나면 상황실 근무자의 오판으로 판단하고, 알게 모르게 욕을 바가지로 먹는다. 아무 일도 아닌 것을 가지고 호들갑 떨었다는 말이다. 물론 고르고 가려서, 주취자의 횡설수설, 장난 전화라고 무시했다가 진짜 사건으로 발화되면 그때 책임은 또 누가 질 것인지 묻고 싶다. 그래서 웬만한 신고 전화는 긴급으로 전제하고 대처해야 한다. 비록 양치기 소년의 전화일지라도~~!

별별 전화가 많다. 어찌 보면 참 겁도 없이 전화하는 자, 무책임한 자들의 전화가 있다. 장 순경이 받은 전화 중에서 제일 많은 신고 전화가 교통사고 현장과 가정 폭력이다. 교통사고는 인명피해와 교통 통제와 직결되므로 긴급하다. 가정불화도 그렇다. 남편이 아내를 때린다. 살림을 부순다. 불을 지른다고 한다. 불을 질렀다. 불이 났다. 도망친다. 피가 난다. 어디가 깨졌다. 음식점이다. 싸움이 일어났다. 패싸움이다. 집기를 부순다. 난동을 피우고 있다. 협박한다. 누군지 모르는데 다짜고짜 가방 뺏고 때리고 도망갔다. 산에서 불났다. 논두렁에서 불났다. 전봇대가 쓰러졌다. 별별 전화를 받았다. 지서 파출소가 멀리 있는 지역이라면 더욱더 긴급 전화가 될 수 있다. 다른 것도 급한 일이지만 화재는 진화와 인명 구조가 동시에 시행되어야 하므로 실화든 방화든 따지는 것은 다음이고, 소방과 즉각 공조해야 한다.

일 분 일 초, 촌각을 다투는 상황이고, 칼부림 현장이라면 이 또한 긴급이다. 모두 위험하고 생명과 직결되기 때문이다.

장난 전화에 스트레스가 많다. 술에 잔뜩 취해서 집에 데려가 달라는 사람, 내 세금으로 일하니까 말을 들어라, 너희는 내 노예다. 내가 누군 줄 아느냐? 모가지가 둘이냐 날아갈 줄 알아라. 짜장면집이 어디냐? 112가 뭐 하는 데냐? 나랑 만나자. 사귀자. 놀자. 용돈 좀 다오, 나 자살하겠다며 금방 죽을 듯이 비명을 지르고 전화를 끊어 버리면 알 수 없는 일이다. 어찌어찌 알아내서 찾아가면 거짓말이다.

패싸움 현장도 그렇다. 금방 몇 사람 죽을 듯 중계방송을 실감나게 해 놓고 끊어 버리면, 사실로 신고 접수하고 지령 전달을 한다. 출동해보면 거짓이다. 부부 싸움도 허위로 끝날 때가 많다. 다행이면서 허탈하고, 허탈하면서 화난다.

긴급 전화를 장난으로 하면, 정말로 중대한 긴급 상황에 해가 된다. 해가 거듭될수록 정말 위급한 인명 사고가 늘어나고 있다. 공권력을 허투루 알고 장난질하는 자는 반드시 상응한 처벌을 받으니까, 정신들 차리기 바란다.

조사계

경찰의 꽃이라고 하는 자리다. 경찰이라고 해서 아무나 갈 수 있는 자리가 아니다. 알맞은 경력과 능력이 증명되고 본서에서 착실하게 보는 사람, 수사과에서 필요로 하는 사람. 실제로 그런 역량을 가진 사람이 가는 자리가 수사과다.

수사 내근이다. 교통사고 조사와 함께 모든 수사 서류를 완결하려면 서식에 맞게 시간과 절차 안에 마무리해야 한다. 공정이 우선이다. 사건 조사가 시작되면 윗선에 암시가 따라올 수 있고, 외부의 입김이 작용할 수 있고, 보이지 않는 손에 의해 남모르는 고통이 수반되기도 하는데 이에 굴하지 않는 용기가 필요하다. 수사도 그렇고 조서 작성에 공감이 들어가야 한다. 이젠 내가 가야 할 길이다. 피해자 탄원과 고소를 바탕으로 진행되는 조서지만 가해자 인권도 중시하면서 눈높이 대화, 즉 공감대를 형성해야만 솔직한 고백과 진술이 나오기 때문이다. 자백이 증거를 찾게 되고, 증거까지 확실하게 올려야 검사 기소 여부가 결정된다.

잠깐이라도 수사과 근무를 하고 나서 지파로 나가는 건 능력을 발휘하고 쉬러 나가는 기분이다. 거기에 비해서 본서 내근을 한 번도 못 해 본 근무자 입장에선 겉으로 표시 내지 않아서 그렇지, 은근히 부러운 입장이다. 그럼 본서를 지원하면 되지 않나? 그러면 좋겠지만 발령을 내줘야 가든지 말든지 하는 것이다. 지파 근무는 맘에 들어도 하고 서로 맘에 맞지 않아도 조별 근무로 부딪치며 비껴가다 때가 되면 헤어지는 것이지만, 본서 근무는 한번 들어가 인정받으면 정년 할 때까지 그곳에서 근무하기도 한다. 본서는 아무나 들어가지 못하고, 아무나 받지 않는 자리다.

나도 순경 중에 고참이 되었다. 솔직하게 말해서 짬밥이 늘었다고 봐야겠다. 맘으로는 시험 봐서 진급하고 싶었지만 어영부영 세월만 까먹고, 연수 따라 자동 고참이 되었다. 그동안 근무 내용과 처세에 대하여 평가가 나쁘지 않았던 모양이다. 본서에서 끌어 주다니, 조사계 근무를 어떻게 해낼지 걱정이다.

들던 대로 조사계 책상 위에 수사 서류가 산같이 쌓여 있다. 계장님이 한 일주일은 보고 배우라고 하신다. 서류 서식이 각각 다르다. 사건마다 조금씩 다르다. 베테랑 수사 형사가 조서 작성하는 걸 보니 엄청나게 여유로워 보인다. 가끔 소리를 높이기도 하지만, 대체로 차분하게 대화를 주고받고 가끔 밖에 나가서 담배를 피우고, 가끔 물 마시고, 가끔 쉬었다 생각하다 반복하신다. 어르고 달래고 몰아가고 여러 가지 화법이 보인다. 잘못이 없다는 피의자와 사실을 밝히려는 수사 형사와의 실랑이다. 가만 보니까 증거가 있는데도 발뺌이다. 누가 봐도 실제인데 무조건 아니라 하네! 사실을 가리기 위한 언어적 공격과 방어가 몇 날 며칠 이어진다. 속이 뒤집히기가 수 번 수십 번이다. 겨우 다 되었는가 싶어, 정리하려고 확인하는데 도루묵인 경우가 있다. 어~ 휴~ 저걸 때려서 말하라고 하나? 하긴, 억지스럽게 해봤자다. 검찰에 가서 또 뒤집으면 꽝~이다.

1980년 김 순경 이야기

밝히지 못한 죽음

거의 한 달은 구경만 하다시피 하다가 첫 조서 작성을 하게 됐다. '자살 교사, 자살 방조' 사건이다.

서른 살 먹은 청년이 유언 한 장 없이 죽었다. 죽을 까닭이 없는데 하루아침에 아들이 죽었으니 어머니로서는 맑은 하늘에 날벼락이다. 죽음이 석연치 않다며 함께 있던 아들 친구 A를 고소했다.

대전 올림픽 다리 교각에서 떨어진 아들은 그 자리에서 즉사했다. 어머니 고소장에 의하면, 하나밖에 없는 아들과 단둘이 살아왔는데, 이 아들이 어미를 남겨두고 한마디 말도 없이 죽을 리가 없고, 그날 그 자리에 아들 친구 A가 함께 있었는데, 자살이라면 왜 말리지 않았는지 모두 의심스럽다, 억울하다, 원통하다, 억울함을 밝혀 달라는 고소장이다. 소장이 접수됐으니, 친구 A라는 사람을 데려와서 유치시키고, 사실 확인 후 구속영장을 청구해야 하는 상황이다.

피의자로 온 사람은, 자기는 상관이 없다는 입장이다. 눈앞에서 친구가 죽어 믿기지 않고 기막힌데 왜 오해를 받는지 모르겠다며 펄쩍펄쩍 뛴다.

두 사람은 언제부터 친구인가? 죽기 전에 언제 또 만났는가? 누가 만나자고 했나? 어떤 불안한 조짐이 있던가? 그날 무엇을 먹고 무슨 대화를 얼마나 나누고, 어떤 순간에 다리 어디에서 뛰어내리던가? 본인이 말릴 겨를은 없나? 자살할 만한 사연은 무엇이라고 생각하는가? 그동안 그 친구가 누구와 연루되었는지, 아는 대로 말해 봐라. 본인의 억울함도 풀고, 죽은 친구의 억울한 부분도 풀어주자.

차근히 접근하다 보니 죽은 이가 대전 조직 폭력 써클에 억지로 끌려간 흔적이 나왔다. 그쪽 어디에서 갈취나 협박을 당했을 수 있겠다는 심증뿐, 물증을 찾을 길 없다. 그러려면 대전 조폭을 싹쓸이 잡다 하나하나 개별 심문 들어가고, 근거지를 압수수색하고 장부나 흔적을 찾아야 하는데 말이 쉽지, 실행은 아득하다.

더욱 의심스러운 건 사망자 영안실에 대전 조폭 계열의 인물들이 드나들고 화장하고 봉안하는 데까지 몇 명이 따라 왔다는 점이다.

"당신들은 누구냐? 왜 왔느냐?" 사망자 어머니가 물어보니까 평소 친하게 지낸 사이라 가는 길을 배웅하러 왔다고 했다고 한다. 어머니 입장에선 평소 아들에게 그런 친구가 없었다며 도무지 알 수 없는 일이 한두 가지가 아니라 법이 밝혀줘야 한다며 목 놓아 운다. 아~ 할 수만 있다면 드라마처럼 현장을 뒤집어 놓고 탈탈 털고 싶다.

분명히 저들 조직 내에서 모종의 사연이 있을 법한데 이대로 단순 자살로 봉합하고 말아야 하나, 저놈들이 죽인 거나 마찬가지라는 어머니의 하소가 귀에 쟁쟁하다. 술 몇 잔 나눠 마시며 친구의 이야기를 들었을 뿐이었고 붙잡을 겨를도 없었다는 A의 증언도 설득력이 있다. 조폭 연루와 여러 가지 정황을 고려해서, 재수사 확대의 필요성을 첨삭해서 수사 보고서를 올렸다. 결과는 기각이다.

첫 작품이 실패로 끝난 기분이 들었다. 잠시 고생한 A를 위로하고, 그 어머니를 위로했다. 그래도 열심히 살아야 하지 않겠는가! 드릴 말이 없었다. 씁쓸하고 안타까운 기억이다.

잘못된 우정

　두 번째 사건도 친구와 관련된 사기 사건으로 죽마고우가 잘못된 케이스다. 가정 형편이 좋지 않아 일찌감치 노동 현장을 떠돌며 건축 기술을 배운 사람이 집 한 채를 지었다. 어릴 적부터 나고 자란 한동네 친구가 전원주택을 짓겠다는데 생판 남이라도 지어 줄 판에 거절할 까닭이 없었다. 문제는 당장 건축비를 줄 수 없으니까, 일단 짓고 보자는 말이다. 대지 300평에, 건평 50평의 전원주택이니 꽤 큰 공사다.

　공사는 일사천리로 잘 이루어지는데 중간중간 자잿값과 인건비 재촉이 들어왔다. 업자 입장에서는 집주인에게서 돈이 들어와야 건축 자재며 인건비를 주는데, 친구가 건축비를 주지 않는다. 총금액 1억 4천을 받아야 공사 비용을 주고 조금 남을까 말까 한데, 한 푼도 받지 못했다. 오히려 인건비, 자재비를 내지 못해서 고소를 당한 사건이다. 고소를 면해 보려고 건축 업자가 자기 돈으로 일부 변제하면서 기다렸는데 결국 사건화되었다. 친구 때문에 고소당하고, 다시 친구를 고소하는 물고 물리는 사건이다.

사기죄가 성립된다. 집을 짓고 차액을 남기기 위해 건축 계약을 했다. 설계도, 시공 승인, 매립 토·부지 정리, 입구 도로 확보, 오·폐수 관로, 전기, 전화선, 통신선, 콘크리트 타설, 철근, 골조, 모래, 벽돌, 시멘트, 방습, 단열재, 내 외장 마감재 샤시, 강마루 몰딩 타일, 벽지, 장판까지 한 푼도 받지 못했다. 싱크대 빌트인 냉장고, TV, 커튼까지 외상으로 들어왔다.

덕분에 전원주택 공사 과정과 비용 추산을 배울 수 있었지만 이런 경우는 처음 접한다. 친구네 집을 짓고 나서 사기죄로 피소 당했으니 얼마나 억울할지 이해되는 장면이다. 하지만 어쩌겠는 가. 인건비며 온갖 자잿값을 약속한 대로 지급하지 않았으니 책임 을 져야 하는 입장이다. 동시에 집주인인 친구란 인물을 상대로 고소를 할지언정, 당장 사건 들어온 대로 처리할 수밖에 없다.

친구는 또 하나의 세상을 만나는 경험이라 한다. 누구나 친구 가 있지만 진짜 친구는 드물다. 참된 친구는 희귀하고, 변치 않는 우정은 더욱더 희귀하다.

그녀는 억울했다

　세 번째 사건은 '특경 사기' 수사 사건이다. 이 사건은 혼자 감당할 사건이 아니라 계장님께서 거의 하신 셈이고 다른 직원들이 거들은 정도다. 워낙 시끄럽고 요란한 사안이다. 돈 넣고 돈 먹기 게임 같은 사기 사건이다. 이처럼 사건이란, 파헤치고 드러나면 말 같지 않은 게 대다수다.

　이 사기는 개인적 피해도 컸고, 지역사회 파장도 컸다. 조사하는 내내 이게 먹혀들어? 그럴 수 있나? 하는 의구심이 매우 크게 들었다. 평범하게 합리적 의심만 해도 사기에 빠지지 않을 일이다. 한데 지극히 반듯하고 바르게 살아가는 사람들이 사기 피해자가 되었다. 이렇게 실제 사건을 들여다보면, 소설보다 훨씬 기이하고 이해 불가한 내용이 많기도 하다. 각기 다른 사건에서 공통점을 찾는다면 한결같이 과한 욕심에서 시작된다. 사람은 재물 때문에 죽고, 새는 먹이 때문에 죽는다는 격언은 그대로 현실이다. 개인도 그렇고, 조직도 그렇다.

　죄는 미워도 사람은 미워하지 않는 경우에 마땅한 예화다. 올해 45세 여성이 특경 사기 피의자로 붙잡혔다. 아니 스스로 자수

해 왔다. 남편은 도청 공무원이고, 슬하에 아들 둘을 둔 평범한 아주머니다. 키는 155cm 체중은 40kg 정도 가녀린 외모에 조용한 품성인데, 총 216억 특경 사기다. 어마어마한 사건의 중심에 어울리지 않는 느낌이 들었다.

본인은 3년 전에 위암 수술을 받고 간신히 건강 회복하는 단계에 있었다. 평소 친밀하게 지내는 이웃이 좋은 식품을 소개해서 회복을 느끼며 이웃이 일하는 곳을 가게 되었다. 그곳이 바로 금융 다단계였다. 천만 원을 넣으면, 매월 이자로 백만 원을 주는 곳이다. 처음엔 믿을 수 없었지만 소개한 분이 이웃이라, 오로지 그분만 믿고 시작된 일이다. 본인뿐만 아니라, 평생 알고 지내는 모든 사람을 동원해 지역 총책이 되어 총 사기 금액 216억 중에 본인이 끌어온 금액이 16억이라, 여기에 대해서 고소된 사건이다.

예의 그렇듯이 전국구 주범은 중국으로 도피했다. 각자 지역을 총괄했던 지역책들이 도피하거나 잡혔다. 이분도 피해자인데, 주변 사람들을 모집한 결과로 책임을 면하기 어려운 지경이 되었다. 무지의 결과치고는 파장이 심했다. 본인 남편이 공직자라서 직책이 어찌 될까 덜덜 떠는 모습이 안타까웠다. 일가친척이 근근한 돈까지 다 말아먹었으니 어찌할지 모르겠다, 죽고 싶다고 울었다.

이 사건으로 가정 해체가 수없이 나왔다고 했다. 자살자도 3명이 나왔다는 증언이다. 아무것도 모르는 채 산불을 낸 어린아이처럼, 파르~르~ 떨던 연약한 모습이 눈에 선하다. 인정은 인정이고, 법은 법이라, 당연히 영장이 나오고 바로 송치되었다. 그 후 교도소 생활을 하다가 다시 발병하여 제대로 치료도 못 받고 죽었다는 소식을 들었다.

이러한 사기 사건의 공통점은, 기획하고 준비된 총책은 빠지고 이용당한 중간책이 범죄자로 처벌받는다는 점이다.

사기죄를 한마디로 말하면, 사람을 기망, 즉 속여서 자신의 이익을 취하는 경제 범죄다. 피해 금액에 따라 형법 제347조를 적용하면 10년 이하 징역, 2천만 원 이하 벌금을 양형 기준으로 한다.

이번 사건을 보면 왠지 찜찜하고 안타까운 느낌이다. 전제 216억 사건을 기획하고 작정한 범인은 도망갔다. 이 자를 인터폴 수배를 해서 국가 간 공조를 해서 잡아야 원칙인데, 이를 묵시하고 말 그대로 잔당만 잡아들인 셈이다. 잔당이라 하는 이들 역시 피해자이면서, 주변인에게 피해를 입힌 피의자다. 따지고 보면 최종 피해자라 말하는 이들이나, 중간에서 알선한 사람이나, 비상식적인 금전 이자를 바라거나 노린 허점이 있는 것이다. 갈수록 대형화, 조직화, 지능화되는 경제 범죄는 방지하기 위해서 철저히 처벌하는 법과 질서가 필요하다. 하지만 이 사건은 과정에서 경종을 울린 것은 맞지만 재판 결과가 마땅했는지, 내내 찜찜한 사건이다.

단돈 천 원

1000원 사건으로 기억한다. 택시 기사가 열차 역에서 손님을 태웠다. 시골 지역은 기본요금이나 미터 요금을 적용하지 않고, 통상 정해진 금액을 주고받을 때다. 운전자가 요금을 5천 원이라고 부르면, 5천 원으로 가는 것이다.

그날도 그런 식으로 손님을 태웠다. 의당 도착해서 5천 원을 요구했다. 손님이 볼 때, 이 정도 거리에 그 요금은 아니다 싶었는지 바가지라고 우기며 4천 원을 지불했다. 옥신각신했겠지. 돈보다도 말이 심했을 것이 분명하다. 운전자는 처음으로 다시 가자고 했다. 손님도 그러자고 했다.

불불대며 되돌아오는데 오던 길이 아니고 모르는 다른 길이라, 손님이 생각하기를 어디 으슥한 데로 가서 나쁜 짓을 당할 것 같더란다. 그래서 그 자리에서 내리겠다고 했는데, 운전자는 열차역까지 가겠다고 하면서 차를 세우지 않고 계속 달렸다. 손님이 겁이 났던지 달리는 차 문을 열고 밖으로 뛰어내리고 전치 8주 부상을 당했다. 특가법 감금 상해로 입건된 사건의 개요다.

시작은 천 원으로 시작된 것이 맞다. 손님은 원칙적으로 기본요금을 말했을 것이고, 미터기로 오가는 도시인이라 그쪽 시각으로 틀린 말이 아니다. 운전자도 그렇다. 원칙은 벗어났지만, 지역에서 관습적으로 행해지는 그대로 요금을 말했을 뿐이다. 그리 큰돈은 아니니, 어느 한쪽이 이해하면 될 일이다.

세상살이에서 이런 일로 경찰서를 오간다면 너무 사는 게 버거울 노릇이다. 돈 천 원이 말싸움이 되고, 감정싸움으로 되고, 감정싸움이 두려움을 유발하고, 감금이 되고 상해가 되고, 폭력이 되고, 밤중이라 가중처벌까지 받게 되는 확전이 되었다. 경찰서에서 교도소로 넘어갔으니 그 후로 합의 과정이 있을 것이고, 변호사를 선임할 것이고 판결을 수월하게 하기 위해서 공탁금도 걸었을 일이다. 단돈 천 원으로 발생한 일이 수천만 원으로 커졌다. 참을 인忍 세 번이면 살인도 면한다는 말이 있다. 순간의 감정 조절을 못 한 결과로 이렇게 큰 파장이 일어났다.

현주건조물 방화사건

　실수로 저지른 실화에 비해서 고의로 불을 지른 방화는 처벌이 크다. 현재 사람이 거주하는 건조물이나 대중 버스 자동차 등 차량과 선박에 고의로 불을 낸 경우 무기 또는 3년 이상의 징역에 해당하는 중 범죄다. 만약 인명 사고까지 발생하면 살인죄보다 형량이 무겁다. 자기 주거 지역에 불을 질렀더라도 주변까지 얼마나 불이 번졌는지, 인명피해는 없는지 조사하고 판단하여 형량이 가중되므로 방화는 다른 범죄에 비해 여파가 크게 작용한다.

　방화범이라는 선입견을 가지고 용의자를 마주했는데 내내 마음이 불편했다. 너무 초라하고, 너무 순박한 얼굴이다. 잔뜩 기죽은 모습이 애잔하다. 어디서 본 듯한 느낌이고 왠지 익숙한 모습이다. 주소, 성명, 방화사건을 개요부터 변명 없이 자세히 진술한다. 세상을 포기한 듯하다. 너무나 차분하게 너무나 자세히 말하니까 재촉하거나 채근하는 대신 하고 싶은 말을 하도록 배려하고 가만히 듣기만 했다.

　그는 어머니가 일찍 돌아가시고, 새어머니와 함께 살았다. 아버지는 새로 난 자식의 아버지로 변했고, 자기 형제들은 고아원 아이처럼 살았다. 주는 대로 먹고 때리면 맞았다. 새어머니는 직접 때리지는 않지만, 아버지가 때리도록 유도하는 지능적인 사람이었다. 잘못하면 맞고, 잘못 없어도 매를 맞았다. 언제 그랬는지 생각나지 않지만 고막이 나갔다. 처음에는 귀에서 진물이 나더니 나중에는 귀가 들리지 않았다. 오히려 빨리 대답하지 않고 반항한다고 매만 늘어났다.

한쪽 귀가 먹었다고 군대도 가지 못했다. 조금 자라서 집을 나와서 떠돌아다녔다. 바람결에 들리는 고향 집 이야기는 자기와 상관없는 부유층 뉴스였다. 객지서 힘들 때마다 악의가 생겼다. 보란 듯이 잘 살고 싶었다. 하지만 맘처럼 되는 일이 없었다. 짧은 학력에다 귀머거리에, 제대로 된 직업도 없다. 돌아다니며 날품팔이 일을 하다가 지붕에서 떨어져 머리를 다쳤다. 가난한 형제들이 왔다 가면서 얼마간 돈을 도와줬지만, 병원비도 턱없이 부족하다.

집에 가서 좀 도와 달라고 하고 싶었지만, 말하나 마나 일자리도 없고, 돈도 없고, 몸은 아프고, 현재 사는 집 월세도 밀렸다. 살고 싶은 마음이 손톱만큼도 없다. 누구를 향해 유서 한 장 남길 곳 없는 몸, 가야겠다고 먹은 마음에 불을 질렀다.

다시 생각해 보니 그냥 죽으면 될 것을 왜 불을 질렀는지 자신도 모르겠다고 잘못했다며, 처벌해 달라고 한다. 순간의 감정은 자기 방어력을 상실하고, 바른 판단력과 도덕적 경계를 무너뜨리기도 한다. 되돌릴 수 없다. 조금만 더 생각하고 참았더라면 무탈할 내용이 많다. 이 사람에게서 연민이 느껴진다. 나와 비슷한 환경이기 때문이다. 범죄자로 전락되는 문제는 한순간 분노를 참느냐, 못 참느냐 하는 점이다. 조서를 마치고 다독였다.

세상에는 억울하고 분개할 일이 많다. 그래도 참고 애써 견디다 보면, 좋은 날이 꼭 올 거라는 위로를 전했다.

전과를 쌓으면서 생기는 내성이라든가 본성이 재범을 만들기도 하지만, 그보다 더 크게 작용하는 건 환경이다. 같은 범법자라 해도 환경이 뒷받침되면 재범 가능성이 작다. 하지만 오갈 데 없는 상황이 지속되거나 억울함이 있는 경우, 재범 가능성이 크다. 이번 사건도 마찬가지다. 냉수 한 그릇만 마시고 생각해 보자.

가끔 재산을 목적으로 재혼한 가정의 경우, 전실 자식에의 부당한 대우가 범죄 발단이 된다. 처음부터 재산을 차지하고 오히려 변명과 덮어씌우기가 과열되는 경우 사건이 된다. 직접 범죄도 있고 대행 범죄도 있다. 범죄가 아니라도 사악한 언행에 대한 오명을 자기 자손이 짊어지게 된다. 아무개의 자식이 더러운 재산을 갖고 살다 망했다는 둥 제 부모의 죄업으로 자손이 천벌을 받는다는 조소와 비난을 대대로 달고 사는 걸 봤다. 죄악을 유산으로 물려준 셈이다. 살면서 중요하다고 생각했던 것들이 실제로는 대단치 않다. 옳지 않은 재물은 망하게 되어있다. 보이지 않지만 결국 드러나는 것이 양심이다. 사건마다 느끼는 교훈이다.

인간 시장

　의식이 맑은 사람은 서로를 알아본다는 옛글이 있다. 학문을 하는 방향이 같고, 학문의 깊이가 같고, 품격이 같은 이들의 교류는 봄날 맑은 시냇물처럼 맑고 투명하다. 우리가 만나는 사람들은 대부분 이와 대척점에 선 경우가 훨씬 많다. 아니 대부분 흐린 물길이고 어둠의 이야기다. 어쩌다 그런 일을 했는지 뒤늦은 후회로 눈물범벅인, 이 아무리 봐도 재생 불가할 것 같은, 철없고 싸가지없는 쓰레기 같은 것들이 얼기설기 섞여 있다.

　할 수만 있다면 변론으로 빼주고 싶은 이들이 일부고, 할 수 있는 한 꽁꽁 묶어 평생 감빵에서 건빵이나 처먹게 하고 싶은 짐승도 많다. 내 맘대로 처벌하라고 누가 면책권을 준다면, 싹~다 도리깨질을 하고 싶은 게 진심이다. 범죄 사실을 적시하는 것도 힘들지만, 뭘 잘했다 변명하는 모양새며 말하는 꼴을 보면 그 자리에서 요절을 내고 싶다. 그래도 공정을 가지고 책임을 져야 하므로 매 순간 심정을 다독이고 다스려야 한다.

　80년대 학원가를 들썩이게 만든 책 한 권이 나왔다. 나라에서는 금서로 정했지만 하나 마나 관심 있는 사람은 거의 읽었다고 봐야겠다. 김홍신 작가의 『인간 시장』이다. '인간 시장'이라는 단어가 금방 떠오르지 않았을 뿐이지 우리가 만나는 사람들을 묶어 보면 영락없이 인간 시장이다.

세상 악당이 다 모였다. 폭행은 양반이다. 사기, 강간, 도둑놈, 점쟁이 포주, 꽃뱀, 제비, 깡패 건달, 양아치, 사이비 종교인 조직폭력배, 악덕 기업주, 사회지도층 범죄까지 나올 만한 범죄자는 거의 열거되므로 실제 경찰보다 더 확실하고 정확하게 그려져 있다. 교활한 자에 당하는 약자는 법망을 찾아가기 너무 어렵다. 그래서 법은 멀고 주먹은 가깝다고 한다. 법은 까다롭고 주먹은 정확하다. 법은 돈이 있어야 하지만 주먹은 돈이 없어도 된다. 법은 지식이 필요하지만, 주먹은 무식해도 된다. 법은 절차가 필요하지만, 주먹은 절차가 필요 없다. 그냥 한 방이면 되고 아니면 수없이 두들기면 된다. 법은 결과가 나와도 미적지근 하지만 주먹은 깔끔하다.

현실에서 만나기 어려운 인물을 그려 내는 게 문학이다. 모든 악당을 한주먹으로 일소하는 인물은 '장총찬'이다. 원래는 '권총찬'인데 심사에서 걸려서 장총찬으로 개명했다. 어감상 권총찬이나 장총찬이나 비슷한데, 왜 권총찬은 안 되고 장총찬은 되는지 그것이 알고 싶다. 총을 쏴 본 사람은 안다. 권총은 소지에 용이 하나 사거리가 짧다. 장총은 소지하기 불편하지만, 유효사거리가 무지하게 길다. 권총보다 장총이 화력이 좋고 효과도 좋다. 소설은 주인공 이름 덕분에 베스트셀러가 된 모양이다.

주인공 장총찬은 별 볼 일 없는 무식이다. 삼류대학에 이름은 올렸으니까 아주 무식은 아니다. 가난한 시골 출신에 믿을 건 주먹 하나인 인물에 세상이 환호하는 건 무슨 까닭인가! 앞서 말했듯이 법보다 가까운 주먹의 활약이다. 악당을 잡는 데는 더 센, 또 다른 악당이 최고다. 이빨 하나를 부러뜨리면 두 개를 부러뜨리고, 눈탱이가 밤탱이 되면, 밤탱이로 눈탱이를 비비면 된다.

눈에는 눈, 이에는 이, 맞불 작전이 장총찬의 논리다. 못 배우고 가난한 자, 얻어맞고도 말 못 하는 자, 권력에 소모 당하는 약자를 대변하는 인물이다. 현실에서 당하고 마는 이들의 울분을 털어주는 역할이다. 복잡한 법보다 단순 무식하게 처리하는 명쾌함이다. 원칙을 준수하는 법치에서 볼 때, 장총찬은 범죄자다. 그러나 우리는 누구의 편을 들고 싶었을까! 얼마나 인기가 높았으면 한국 최초의 밀리언셀러로 출간되고 영화로 드라마로 각색되었는지 생각해 볼 일이다.

비슷한 소설도 나왔다. 『난장이가 쏘아올린 작은 공』이다. 『꼬방 동네 사람들』도 나왔지만 『인간 시장』에 미치지 못했다. 이 이야기들은 개발로 인한 도시 빈민의 처참한 환경을 그려내는 사회 고발성 소설로, 독자들의 감성을 아프게 자극하는데 『인간 시장』은 장총찬이 답답함을 시원하게 뚫어 준다. 시대를 망라해서 민중의 대변자로 나온 인물에게 공감하고 환호하는 부류는 서민이라는 점에 주목한다.

행복은 서로를 이끌고 배려하므로 행복하고, 불행은 제각각 따지다 보니 불행하다. 행복한 가정은 역시 서로 노력하지만, 불행한 가정은 서로 비난하기 바쁘니 불행하다. 행복하고 싶으면 행복한 사람 곁으로 가까이하면 닮는가 보다.

범법자들의 사연을 보면 각기 다른 방법으로 불행을 자초한다. 똑같이 열악한 환경에서 같이 자란 형제인데도 누군 애써 잘 자라고, 누군 환경 탓을 하면서 잘못된 길을 가고 있으니 말이다. 저들이 과연 한배에서 나온 형제가 맞는지 의아할 정도다.

현실은 소설보다 기이하다고 하지. 가까이 보면 비극이고 멀리서 보면 희극으로 보이는 게 사람 사는 모습이라는 것처럼 참으로 다양한 군상을 만났다. 좋은 말을 나누어도 힘든 세상살이인데, 눈만 떴다 하면, 출근만 했다 하면, 어제 사건, 그제 사건, 사건들을 펼쳐 놓고 같은 듯 다른 내용을 접수하고 해결하는 데 고심해야 한다. 불행한 오래 접하면 은연중 어두운 느낌이 드는 것 같다.

의리 없는 것들

이뿐일까! 경찰의 사는 이야기가 이것뿐일까! 집안의 대소사는 없을까! 경제적 문제는 없을까! 혼자만의 시간이 필요하진 않을까! 나 홀로 여행은 다녀오고 싶지 않을까! 한데, 유리 지갑처럼 살고, 물병처럼 보이는 것 같다. 어디서나 깨지는 물병과 같다. 바위와 같은 상부에 물병과 같은 신세로 조합되고 보니 언제나 깨지는 느낌이다. 유리 물병이 바위에 떨어지면 물병이 깨진다. 물병 위에 바위가 떨어지면 물병은 아주 깨진다. 어쨌든 깨지는 건 물병이다.

조사계 근무하면서 사람의 감정이입은 어느 정도까지 가능할지, 가늠해 본다. 이성은 어디까지 존재하는지 남모르게 종종 시험에 든다.

윗선의 무리한 지시가 없는 곳, 유능한 선배와 동료의 깐족이 없는 곳, 차라리 무질서 속에서 나만의 길을 찾고 싶어진다. 이럴 때 다 때려치우고 소설 속 장총찬처럼 무림 고수가 되어 쥐도 새도 모르게 밉상을 처리하고 싶다. 그럴 수만 있다면 불우한 민초를 구원하는 데 앞장서는 장총찬이 되고 싶다.

그 환경에 십수 년 살다 보면 물들기 쉽다. 매일 한 가지 일을 7시간 이상, 10년 정도 지나면 달인이 된다고 한다. 장인 정신이다. 이처럼 좋은 물을 들이면, 가업이 되고 본점 전통이 된다. 그러다 보면 국가가 보호하는 유·무형 문화재가 탄생하기도 한다. 아주 좋은 물들기 예화다.

반면에 안 좋은 물들기도 마찬가지다. 남을 털다 보면 싸움을 잘하게 된다. 싸움을 거듭하다 보니 새로운 전략이 나온다. 정치 깡패나 경제 깡패나 전략이 먹혀들어 가려면 탐색이 우선이다. 탐색에 앞서서 거래가 효과적이다. 거래보다 더 앞서는 것은 동맹이다. 관계 맺기다.

관계에서 어긋날 기미가 보이면 정리다. 이익이 없는 곳에는 가지 마라. 가더라도 물들지 않는다면 선수다. 오히려 주변을 자기 위주로 물들이는 존재 주변을 교화시키고 자기 사람으로 숙이게 한다면 고수다. 이들이 서로 만나고 헤어지는 이유가 무엇일까! 의리일까!

옛날이나 지금이나 정치나 뒷골목이나 의리가 존재할까!

의리에 대한 이야기를 하려면 제일 먼저 나오는 단어가 우정이다. 의리 하면 친구, 친구는 제2의 자신이라 할 만큼 인생길을 좌우하는 힘이 있다. 친구 따라 강남을 가듯이 친구 따라 교도소로 오는 경우가 너무 많다. 세상 사건을 뽑아서 정리한다면 친구 파트가 제일 많은 분량이 될 것 같다.

익자삼우益者三友, 손자삼우損者三友가 있다. 공자님 말씀으로 좋은 벗 세 사람과, 해로운 벗 세 사람으로 해석하는데, 꼭 세 사람이라기보다 세 가지 정도의 특징을 구분했다고 보는 게 낫겠다. 좋은 벗은 바른 사람이다. 많이 공부하고 도량이 넓은 사람, 성실하게 사는 사람이다. 이러한 인품이 잘못된 길을 가라 한들 가겠는가! 반대로 해로운 벗은 편먹기를 즐기는 사람이다. 내 편 네 편을 가르고 자기 편애가 심한 사람이다. 말을 잘하는 경향이 있으며, 상대를 내림으로 본인을 올리려는 특성이 있다. 내 편과 우리 편이 최고며, 당장에 혈압을 올리는 증상이다.

익자삼우, 좋은 친구들은 굳이 우정이니 의리를 말하지 않고도 의리를 실행한다. 의로움은 일상의 언어고 평소에 습관이기 때문이다. 굳이 밖으로 내보이지 않는다. 해로운 벗들은 맹세가 길다. 각오와 다짐 절차도 거대하다. 살벌하고 무시무시한 규약에 인의예지仁義禮智를 말하기도 한다. 예를 들면 훔치거나 빼앗는 물건을 확인하는 것은 지智라 한다. 애써 맘 졸이며 훔치러 들어갔는데 훔칠 물건이나 돈이 없으면 허탕이기 때문이다. 그들도 헛수고는 하기 싫다. 날쌔고 앞장서는 자를 용자勇者라 한다. 물건을 뺏고 사람을 해하려면 먼저 나서고 날렵하게 행동해야 한다. 훔칠 것 다 훔치고, 부술 것 다 부수고, 해칠 것 다 해치고 내 편 동료들이 안전하게 나간 것을 확인한 다음, 맨 나중에 빠져나오는 것을 의인義人이라고 한다. 전리품 다 모아 놓고 공정하게 분배하는 것을 인仁이라 한다. 고증과 격려해 주신 선배 고참들을 좀 더 챙겨 드리는 것을 도리라 한다.

엄청난 의리맨들이 사건에 연루되어 잡혀 오면 이야기가 180도 달라진다. 드라마로 보면 조직을 위해, 보스를 위해, 누구 한 사람이 총대를 메고 다 뒤집어쓰는 장면이 나오는데 현실은 그게 아니란 걸 말하고 싶다. 억울하다. 나는 아니다. 완전하게 손절하고 무관함으로 일관하는 자, 아주 조금 연관은 있지만 다른 건 모른다고, 발가락 정도 적시려는 자, 같이 하긴 했지만 계획하고 주관한 건, 다른 사람이라고 절반은 자르고 보는 자, 일을 저지르긴 했지만 결과적으로 먹은 것 없고 덤터기만 썼다며 분개하는 자. 이런 부류는 이간질과 물귀신 작전으로 들어오는 경우가 많기 때문에 사건을 풀어가는 데 숨은 공로자다. 어제의 동지가 오늘의 원수가 되는 간단한 순간이다. 대질로 들어가면 가관이다. 눈에 쌍불 켜고, 입에 거품이 품어 나오고, 욕설과 설전이 시작되면 금방이라도 살상이 일어날 기세다. 내버려 두면 누가 누가 더 잘 빠져나가나 경주하는 느낌이다.

그동안 다소 힘들고 버거웠던 수사과를 나온다. 동료와 선배들에게 짐이 되지 않으려고 무지하게 고생했다. 아무도 모르게 참말 고생 많았다. 그것도 못 하냐는 소리를 들을까 봐 수사 기록을 보고 또 보면서 많이도 연습했다. 나오지 않는 말을 끌어내는 과정부터 기록과 정리하는 것, 어느 한 가지 만만한 게 없었다. 나름 했는데도 지적당하고 보면 구멍이 숭숭 뚫려 있고, 다 알았다 싶어도 실전에서 막히고, 그래도 그렇게 저렇게 말 못 할 만큼 해낸 셈이다. 책임 있는 조사관으로 최대한 노력을 기울였다. 모자란 게 있다면 그것은 능력의 한계라고 하겠다.

피의자 눈높이에 맞는 말과 정서를 이해하려 애썼다. 수사 전문성을 높이려고 전문적 용어와 지식 향상을 위해 많은 학습을 병행했다. 무리하게 억측하지 않았고, 고집하지 않았다. 화를 삼키며 성내지 않으려 애썼다. 나날이 복잡해지는 불확실한 범죄에 수사 범위는 넓어지고 인력과 예산은 턱없이 부족한 현실, 그럼에도 맡은 일에 최선을 다하는 직원들에 경의를 표한다.

보람 있는 장면들

　오랫동안 감옥살이를 하다가 세상 밖으로 나오면, 마땅한 일을 찾지 못하는 게 경력자들의 한계다. 애써 맘 잡고 뭔가 해 보려 해도, 신용이 있나, 돈이 있나, 인맥이 있나, 몸이라도 튼튼하면 막일이라도 하련만 이도 저도 아니면, 다시 옛길을 찾아가는 게 정석인지 모르겠다. 밖에 나올 때는 하얀 두부 잘라 먹고 새사람이 되겠다고 맹세하지만, 바로 동종 전과 경력만 늘려 가는데, 가끔 별일이 있다. 새 사람을 만난다.

　분명히 사람도 같지 않은 인물이 선량한 시민으로 살아가는 모습을 발견하면 심정이 무량하다. 환골탈태換骨奪胎, 뼈를 바꾸고 태를 빼낸다. 글자 그대로 해석하면 그렇다. 예전에 낡은 제도나 모습을 고쳐서, 전혀 다른 모습으로 변했다, 새 사람으로 태어난 것을 의미한다. 결혼해서 처자가 있고, 작지만 안정감 있는 가계를 운영하는 조氏를 만났다. 내 손으로 엮어 넣은 사람이라 미안함도 있고 이렇게 딴 사람이 됐다는 데 감사함이 뒤섞여 사뭇 반갑다.

사람은 환경의 지배를 받는 게 분명하다. 조ᅟᅵᆷ의 표정이 온화하게 보였기에 하는 말이다.

처음 잡혀 왔을 때 조는 사람 되기는 다 틀려 버린 막가파였다. 말 한마디 한마디가 육두문자고, 옷차림이며 행동거지가 쓰레기에 가까웠다. 상습 절도, 상습 폭력, 강도 미수까지 총천연색이고, 전과도 남 부럽지 않았다. 편부 아래서 지독한 가난과 폭력으로 성장한 환경이 문제기도 했지만 친구들이 비슷한 전력이라 한번 담근 세계에서 빠져나오지 못했다. 나오면 들어가고 나오면 들어가고, 몇 번 되풀이하면 황혼 길로 접어드는 데 조에게 천사가 나타났다. 고아 출신 여성을 만나 가정을 꾸리고 자녀를 출산하며 단란한 가정을 유지하게 되었다. 부모는 자녀의 면류관이고, 자녀는 부모의 면류관이라고 서로가 서로를 위해 바름을 지향하는 모습이 참으로 대견스럽고 뿌듯했다. 저도 반가운지 이번엔 고운 말을 한다.

힘들 때 사람대접 해줘서 감사했다 한다. 특별히 잘 해 준 기억이 없는데 그렇게 느꼈는가 보다. 두루 고마운 일이다.

1980년 김 순경 이야기

산에 사는 사람

　동양면 소재지로 들어가는 산기슭에 사람이 사는 듯한 천막이 하나 있다. 말이 천막이지 다 찢어진 비닐이 너풀거리는 삭막한 터전이다. 가끔 어떤 사람이 산다고 하고 아무도 없다는 말도 있어서, 순찰 구간은 아니지만 들러 봤다. 사람이 살 수 있는 환경이 아닌 데, 사람의 흔적이 있다. 잠시 둘러 보는 사이, 산짐승 같은 이가 산에서 내려온다. 여기서 사는 분인가 물어봤지만 묵묵부답이다. 도대체 뭘 먹고 어디서 잠을 자는지 알 수 없다. 아무 말도 하지 않는 이 사람을 두고 그냥 가려니 난감하다.

　바로 면장님을 찾아갔다. 면장님도 그의 정체를 알고 계셨다. 여러 번 찾아가서 시설에 입소할 것을 권유했지만 듣지 않는다고 했다. 한번은 강제로 데려다 입소시켰는데 곧바로 도망쳐 나왔다고 했다. 사연인즉, 움막 옆에다 외동아들을 묻고 나서 망부석이 되었다가 벙어리가 되었단다. 그냥 그곳에서 머물다 죽을 생각인 듯싶었다.

　모래밭에서 물고기 한 마리가 목이 말라 죽을 것 같다. 어쩌다

가 모래밭에 있는지, 지나가는 사람이 물어본다. 물고기가 그냥 물 한 모금만 먼저 주고 물어보라 한다. 다음 사람이 또 묻는다. 물고기가 물속에 있지 않고 왜 모래밭에 있느냐? 어쩌다 나왔느냐? 혼자 나왔느냐? 목마르지 않으냐? 돌아가고 싶으냐 물어본다. 그냥 물 한 방울만 달라고 하소하다 죽은 물고기 우화가 주는 의미를 생각한다. 위급한 상황을 해결하고 다음을 논한다.

원칙보다 현실이 먼저다. 산비탈 움막에서 사는 사람의 이야기가 그렇다 겨울이 지날 때마다 살아 있는 게 신통하다는 반응이다.

두고 볼 일이 아니다. 방침을 따지지 말고 그냥 컨테이너 한 칸 설치해 주기로 했다. 원칙은 아니지만 길가에서 호스를 대어 물을 끌고, 한전과 연계해서 전봇대 전기도 끌어서 불을 켜게 해 드렸다. 얼마를 살지 모르지만, 아들 곁에 머물고 싶은 부성애를 지켜 드리는 게 맞을 듯싶었다.

당연한 일

　하루에 두 사람의 위험을 막은 일이다. 순찰 중인데 길가 도랑에 오토바이가 빠져 있다. 우체국 직원이 오토바이를 타고 가다 넘어진 모양이다.

　담당 우체부가 아파서 며칠째 출근하지 않았다. 시골 우체국도 장기 결석이 아니면 따로 보완 없이 직원들이 근무한다. 내근 직원의 오토바이 운전이 어설펐나 보다. 긴급 배송 우편물이 있어서 사무실 직원이 대신 나섰다가 운전 부주의로 넘어졌다고 말한다.

　일으켜 세우고 보니 다리가 접질렸는지 걷지 못하겠다고 한다. 보건소에 알려 차가 왔다. 병원으로 이송되는 우체국 직원이 하는 말이, 다른 건 다 괜찮은데, 산 밑에 혼자 사는 할머니 약을 갖다 드리라고 부탁한다. 자기도 부탁받았다며 다른 건 몰라도 약은 꼭 갖다 드려야 한다고 말한다. 걱정 마시라, 대신 갖다 드릴 테니까 치료나 잘 받으시라 하고, 산 밑 할머니 댁을 찾아갔다. 극빈 독거 노인, 노약자, 어디를 보더라도 돌봐 드려야 할 분이다.

　할머니를 불러도 대답이 없다. 망설임 없이 방문을 열었더니 문

앞에 쓰러져 움직이지 않는다.

미동도 없고 손 말이 차디차다. 거리상 정황상 업고 달릴 처지도 아니다. 숨차게 달려 이장님 댁 전화로 앰뷸런스를 불러 할머니를 이송했다. 돌아가신 줄 알았는데 살아났다. 다행이다.

예전과 달리 고령화가 날로 심화되고 있다. 1인 가구에 대한 치안 구조가 매우 필요한 부분이다. 병원에서 퇴원한 우체국 직원이 당연한 일을 미담으로 소문냈다.

[귀관은 평소 확고한 국가관과 투철한 사명감으로 직무에 정려하여왔을 뿐만 아니라, 특히 198*년 *월* 일 동양면 온직리 독거노인을 방문하여 지병으로 위급한 상황에서 인명 구조를 위해 헌신한 모범 선행 경찰관으로 이에 장려장을 수여함]

장려장을 받았다. 이전에 경찰의 날 수차례 받은 표창장보다 이 한 장의 장려장이 뿌듯하다. 만들어진 게 아니라 사실이기 때문이다. 장려장보다 더 뿌듯한 건 할머니께서 건강한 모습이다. 그곳에 근무하는 동안 우체국 직원과 친구처럼 지낸 보람이 있었던 한 페이지다.

많은 이야기 중에, 경찰관으로서 당연히 해야 할 일이 있고, 정말 잘 한 일이 있고 괜히 했다 싶은 일이 있다. 오일장 돌아다니면서 할머니들 물건을 훔치는 좀도둑을 잡은 일, 중고등학교 졸업식장에서 학부모들 지갑과 가방을 훔치는 소매치기를 검거해서 지갑을 찾아 준 일, 논두렁 태우다 산불로 번지는 걸 온몸으로 막아낸 일, 교회 첨탑에 불이 붙어 전소될 걸 사전에 막아낸 일, 길가에 쓰러진 주정뱅이 구해낸 일은 부지기수다. 반응도 참 다양하다. 예를 들어 지갑을 찾았다고 연락하면 아주 고마워하며 연신 굽신하는 사람이 있고, 약간 고맙다는 식으로 고개 한 번 까딱하며 찾아가는 이가 있고, 아예 연락을 받지도 않는 이가 있다. 어떤 경우는 그냥 가져라, 버려라, 하는 사람도 있다.

애써 인명을 구조해도 그렇다. 다수는 고마워하지만, 가끔 왜 구해줬냐고 항거하는 인물이 있다. 이럴 때 젊은 직원은 그냥 죽게 내버려 둘 걸 그랬다고 뒷담화를 하기도 한다.

사람은 누구나 매일 인생의 시험을 치른다고 한다. 경찰은 매일 매 순간 설득하고 설득당하는 시험대에 선 기분이다. 어떤 삶이라도 지켜야 할 소중한 가치가 있고, 모든 삶은 죽기 전까지 존중받아야 한다. 형식이 아니라 진정으로 존중받으려면 무엇을 해야 하는지, 무엇을 하지 말아야 하는지 알아야 한다.

우리는 하지 말아야 할 일을 하는 자, 주로 존중하기 어려운 사람은 만난다. '용기'가 필요하다. 용기는 대단한 힘과 저력으로 떨쳐 일어나는 굳센 기운을 말하지만 그런 용기가 아니다. 하기 싫은 일을 할 수밖에 없을 때 필요한 힘이다. 내 비겁함을 감추고 안아주는 힘이다. 매일 한 사건 한 사건을 해결했다는 말은 매일 매 순간 내 안의 불안과 초조와 타협했다는 것이다. 순찰과 단속 여기에는 날 선 이성과 따뜻한 감성의 차이를 극복하는 것, 좋은 생각과 바른 행동의 일치를 위해 인내가 요구된다. 오늘 내가 떳떳한 것은, 어제까지 반듯했다는 증거다.

1980년 김 순경 이야기

처벌은 차선

1980년대 후반에 관해 가장 많이 들리지만, 가장 듣고 싶지 않은 주제가 몇 개 있다. 사회 부조리 폭력 정치에 저항하는 민주화 운동, 인권 운동, 대학가 학생 운동, 학내 문제, 지역마다 들불처럼 일어나는 각종 시위에 대한 불확실성이 증가하는데 이를 대응할 만한 인력과 장비 인프라가 부족한 현실에서 할 수 있는 건 출동이다. 전날 야간 근무를 하고 나서도 출동이 떨어지면 나가야 한다.

별일 없어도 별일이 있는 양 검문검색을 실시했다. 좁은 도로를 더 좁게 바리케이트를 치고 검문 준비를 하고 있는데, 1톤 트럭이 비틀거리며 다가온다. 아직 직원 배치가 안 되어서 혼자 있는데, 애매하다. 그래도 차를 정지시키고 검문을 하는데, 술 냄새가 제법이다. 그보다 운전자 이마에 약간 피가 난다. 차를 구석으로 세우고 자초지종을 들으니, 앞서 사고를 낸 상태다. 다행히 상대성이 없는 자차 사고다. 자기 혼자 옹벽을 들이받고 앞 범퍼가 부서진 상태다. 말할 기운은 있는지 눈 감아 달라고 한다.

노랑 파랑 벽지 회사에 다니는 직원인데, 여태 쉬다가 간신히 들어간 직장인데 음주로 걸리면 큰일이다. 아내가 곧 아이를 낳는다. 정말로, 다시는 안 그럴 테니까 한 번만 봐 달라고 읍소한다. 정의와 인정의 갈림길에서 인정이 이겼다. 그의 집에 전화를 걸어서 부인을 오라고 했다. 운전을 계속 해서는 안 되기 때문이다. 금방이라도 출산할 것 같은 몸으로 부인이 도착했다. 타고 온 택시에 그의 몸을 밀어 넣고 내일 차를 가져가라고 타일렀다.

아무도 모르라고~ [떡갈나무 숲속에 졸~졸졸 흐르는 아무도 모르는 샘물이길래 아무도 모르라고 도로 덮고 내려오지요. 아무도 모르라고 도로 덮고 내려오는 이 기쁨이여~!] 김동환 작사 임원식 작곡, 우리 가곡이다. 난데없이 이 노랫말이 줄~줄 흘러나오는 즐거움이다. 그래서는 안 되는데 그러고 싶을 때가 있다. 주는 것 없이 밉상도 있고, 가능한 한 보호해 주고 싶은 사람이 있다.

그는 다음 날 멀쩡한 모습으로 찾아왔다. 세 살 난 아기가 있었나 보다. 아장아장 아기와 환하게 웃는 아내와 함께 왔다. 운전자 본인은 어찌하다 말도 못 하고 아내가 연신 감사함을 전한다. 오나가나 아내들이 고생이다. 다행이긴 하지만, 좀 더 확대해석하면 큰일이란 걸 강조했다. 처자가 있는 남자는 아파도 아니 되고 범법 행위는 더욱더 아니 되는 까닭을 이 시대 가장의 공감 언어로 나누었다.

남자는 노랑 파랑 벽지를 몇 개 가지고 왔다. 거리낌 없이 받을 수 있는 최초의 부정행위다. 안 그래도 집에 벽지를 바꿔야 하는데 벽지 중에서도 제일 이름 있고 품질 좋은 노랑 파랑 벽지로 단장하다니, 집사람도 기분이 좋은 듯 뭐라 하지 않았다.

　법은 단속과 처벌만이 아니라 예방에 목적을 두고 있다. 그래서 순찰을 도는 것이다. 받는 손보다 주는 손이 더 기쁘다는 말이 있다. 경찰 업무가 그렇다. 사전방지가 보람 있다. 발생한 범죄를 해결해서 피해자의 억울을 풀어 주고, 사회 경종과 교화를 목적으로 한다.

　양식 있는 대선배의 조언이다. 우리 직업은 마지막 장면을 특히 염두 해야 한다. 언젠가는 마무리할 것이고, 언젠가는 떠나야 할 인생길인데, 잠깐 위세가 무슨 의미냐. 마지막 장면에서 후회하는 공통점은, 누구를 위해서 그렇게 살았나! 자기다운 삶을 살지 못하고 타인이 원하는 삶을 사느라고 젊음을 허비하진 않았나! 힘들지 않은 척하느라 감정의 소모는 또 얼마였나! 내 감정을 솔직하게 표현하지 못하고 살아온 것이 후회고, 무엇보다 아내와 자식과 가족들과 시간을 많이 갖지 못한 것이 한없이 아쉽다 ~ 친구들이나 지인들과 교류를 너무 못했다. 그러니까 정년 후, 오갈 데가 없더라! 그렇다고 큰돈을 벌어 놓은 것도 없고 건강도 여의치 않으니, 젊은 시절부터 내 몸이 허락하는 범위에서 행동하라는 조언이다. 착하게 살자. 바르게 살자. 열심히 살되 넘치게 행동하지 말자. 이 말은 이 세상을 사는 동안 나에게 하는 말이고, 아무에게나 전하는 말이다.

안타까운 사연들

　지나간 이야기에서 갈수록 흐려지는 걸 기억이라 하고, 갈수록 또렷해지는 걸 추억이라고 구분하는데 모르겠다. 기억이나 추억이나 지난날 이야기는 분명하다. 불현듯 생각나는 건 기억이라 하고, 다시 돌아가고 싶은 장면을 추억이라 한다면, 지금 떠오르는 이야기는 모두 기억이라고 해야겠다. 다시는 일어나서는 안 될 안타까운 일들이다. 경찰의 길을 걷지 않았으면 일어나지 않았을 일들이다.

　경찰이기에 감당할 수밖에 없는 참담한 사연들이다. 함께 근무한 동료에게 일어난 일이고 목격한 일들이다. 일부는 전해 들은 이야기다. 이런 기억의 조각들을 모아서 정리하는 까닭은, 사실을 공감하고 위로하고 싶은 마음이다. 누군가를 잊지 못해서 부르는 것은 영원히 기억하겠다는 다짐이라는 말이다. 자신의 잘못도 있고, 타인의 잘못에 의한 경우도 있다. 세월은 되돌릴 수 없는 일, 잘 잘못의 구분보다 다시는 이런 일들이 일어나지 않기를 바랄 뿐이다.

이보다 더 아픈 일은 없을 것 같은 상처도 망각이라는 처방이 있어 다행일지 모른다. 슬픔은 갈수록 흐려지기 마련이다. 엎친 데 덮친 격으로 슬픔의 연속 같지만, 언뜻 희망의 씨앗을 심어 놓는다고 하지 않는가!

누가 봐도 힘든 고통에도 좌절하지 않고 일어서는 이가 있다. 힘든 타인에 힘이 될 수 있는 경우다. 비범한 인물들의 삶의 족적이 그러했다. 앞선 성취자의 길목이 평탄하고 여유로운 경우보다, 험난하고 기막힌 처지를 극복한 경우가 더 많았다. 한때 부모의 덕을 본 친구들이 부럽고, 일 잘하고 보직 좋은 곳에서 근무하는 이들이 부럽고, 어떤 경로든지 진급하는 동료가 부러웠지만, 삶의 여정에서 고통을 당하는 지인을 보면 이런 모두가 철없는 허상으로 느껴진다. 종교관은 없지만 '범사에 감사하라'는 말이 정답 같다. 내 몸과 가족이 건강하고, 하루 일정을 무사히 끝마치는 것, 일상에 대한 감사와 행복을 아는 것이 행복이라 하겠다.

한 경사

한 경사는 충남 청양 경찰서에서 근무하는 FM 직원이다. 함께 근무한 사람이라면 누구나 칭찬하는 경찰관이다. 직무수행에 모범이고 평범한 가장이다. 슬하에 고명딸 하나를 두었는데 누가 봐도 예쁘고 총명한 딸이라고 소문이 자자했다. 대부분 그렇듯이 딸 자랑으로 가득하면 딸 바보다. 한 경사는 자타가 인정하는 딸 바보다. 이쁜 딸이 대전으로 토익 시험을 보러 가던 날, 아빠가 데려다주려고 나섰다.

전날 야간 근무를 마치고 쉴 겨를 없이 운전대를 잡았지만 피곤한 줄 모르고 출발하는데, 관내에 교통사고가 났다. 시간도 촉박하니 그냥 지나가면 될 일을, 경찰의 본능으로 내려서 교통정리를 하고 수습을 하고 있었다. 한순간 제동 없이 돌진하는 트럭 한 대가 사고 현장을 다시 덮쳤다. 한 경사는 순간적으로 피했지만, 외동딸이 날아가는 걸 봤다. 딸은 현장에서 즉사했다. 차마 볼 수 없을 정도로 박살 난 딸의 모습을 본 후, 다음 상황은 기억하지 못한다고 했다.

너무 기막힌 상황을 당한 사람에게는 무슨 말도 위로가 되지 않을 것 같아, 아무 말도 못 했다. 듣자 하니 종교의 힘으로 버티는 것 같았다. 예전처럼 자식이 많기나 하나 많아 봤지 두셋이고, 그이처럼 외동아들이나 딸 하나를 둔 부모들이 유일한 자식을 참담하게 잃었을 때, 상실감을 말이나 글로 다 표현할 수 있겠는가! 모르긴 해도 후회와 자책이 심했을 것이다. 비통한 심경에 모든 걸 접고 싶은 마음도 있었을 것 같다.

경찰이 아닌 일반인이 당했다면 주변의 동정 여론이라도 있었을 것이다. 경찰이 아니었으면 심리적 의무감이 적었을 것이다. 그냥 지나가도 아무런 문제가 없었을 것이다. 평소에 장착된 정신 무장의 발로 이것이 희생을 불렀다. 누굴 원망하고 누굴 미워하겠는가! 한 달여 만에 다시 나와 자리를 지키고 있는 그의 모습을 보면서 가슴이 울컥했다. 다음 생 다시 만날 딸을 그리며 의연히 삶을 견디는 한 경사 부부께 위로 드린다.

조 형사

검문검색을 나갈 때는 반드시 2인 1조로 해야 한다. 그날도 검문을 나서는데 전일 근무자가 잠깐 쉬고 당일 합류하기로 되어있었다. 일이 터지려면 뒤로 넘어져도 코가 깨진다고, 꼭 그런 꼴이다. 조 형사 혼자 트랙을 걸어 놓고 여유 있게 서 있는데, 차량 한 대가 들어온다. 경광봉으로 정지 신호를 내리고, 면허증을 확인하는데 바로 어제 확인한 수배자다.

번개 같은 솜씨로 운전대를 커버하고 운전자를 내리게 했다. 검거하려는 순간 이 자가 번개같이 튄다. 같이 달려서 쫓아가는데 골목길에서 대적하게 되었다. 조 경사가 당연히 원칙대로 투항을 권고했다. 조 형사 두 배는 될듯한 수배자가 주머니에서 종이로 싼 듯한 칼을 꺼내어 바짝바짝 다가온다. 조 형사 공포 한 발 쏘며 다가오지 말라고 했다. 그래도 다가가자 뒷걸음치던 조 형사가 실탄을 발사했다. 검거했다.

수배자는 검거했지만 총기 사용에서 문제가 제기됐다. 칼처럼 보인 것은 빈 종이였다. 순간 위협을 느낀 조 형사의 판단 미스였다. 무모한 총기 사용자가 되었다.

수배자는 '국가에 구상권을 신청했고, 국가는 조 형사에게 9천 만 원을 배상하라고 통보했다. 소원 신청을 했지만 소용없었다. 아무도 힘이 되지 않는 상황에서 낙담한 조 형사인데, 설상가상으로 집안 사정도 좋지 않았다. 아내와 불화로 오갈 데 없는 마음이, 그를 잘못된 길로 이끌었다.

　마지막 가는 길에 앞서 어머니가 싸 주신 김밥 한 줄이 먹고 싶었나 보다. 어머니께 찾아가서 김밥을 싸 달라고 했다. 한 모금이면 죽는다는 제초제를 두 병이나 사서 소주와 섞어 마셨다. 금강변 모래밭을 얼마나 기어 다니며 몸부림쳤는지, 출동한 경관의 말을 듣는 것조차 처참했다. 충남 공주가 고향이다. 어머니가 자신과 여동생들을 키우느라 안 해 본 일이 없다며 늘 마음 아파하던 효자가 불효로 마감했다.

　한솥밥을 먹으며 근무하던 사람이 죽었다. 조 형사의 죽음은 한동안 마음을 힘들게 했다. 누구보다 그의 상황을 알고 있기 때문이다. 처음엔 실감 나지 않았고, 시간이 지나면서 그동안 그와 생활했던 장면이 자꾸만 떠올랐다. 총기 발사 후, 몇 차례 법원 호출을 받았다.

　한번은 서울 서초동 고등법원까지 동행한 적이 있다. 법원 앞에서 만난 조 형사의 모습은 그리 봐서 그런지 몰라도 잠을 못 잤는지 눈에 충혈이 가득했고 초췌하게 보였다. 애써 미소를 지으려는 모습이 안쓰러워 이런저런 말을 많이 했다. 공판 차례가 되어 판사 앞에 섰을 때 조 형사의 긴장한 모습이 생생하다. 판사가 관등성명을 확인하고 사건 당일에 정황을 확인만 했다. 판결은 다음에 한다는 말을 듣고 돌아오는 길, 국밥 한 그릇을 나누었다.

선배가 와 줘서 든든했다면서 다음에 술 한잔하자고 약속한 사람이 약속을 지키지 않고 떠났다.

박 형사

　이 사람도 형사계를 원하던 터라, 본서의 부름이 좋았다. 조사계에서 펜대 잡고 머리싸움을 하는 내근에 비해서 박 형사는 종횡무진 움직이며 밖에서 돌아다니는 외근이다. 사건을 일으키고 도망 다니는 놈들을 붙잡아야 한다. 밤낮이 없는 근무다. 그 사건의 용의자가 잡혀야 발 뻗고 잠을 잘 수 있다. 그러자니 여길 가나 저길 가나 비슷한 사람인가 눈여겨보게 되는 습성이 생긴다. 대충 볼 때도 있고, 혹시나 해서 위로 아래로 훑어볼 때도 있다. 가끔 오해를 받는데 그럴 만도 하다.

　밖에서 보면 형사는 꽤 멋지게 보이는 경향이 있다. 더러 경찰이 위냐? 형사가 위냐? 묻는 이도 있다. 경찰이 형사고 형사가 경찰이라고 하면 이해를 못 하는 것 같다. 하긴 역할이 다르긴 다르다.

　형사들은 근무 시간과 비번에 대한 가짐이 별다르지 않다. 비번 날도 범인이 눈에 보이면 잡아야 하기 때문이다.

　모처럼 박 형사의 비번 날이다. 날 잡아서 친구를 만났다. 친구들과 이야기 나누며 술을 거하게 마시고 집으로 돌아가는 길에 용의자를 만났다. 헤집고 찾아다닐 때는 안 보이더니, 하필 술 마신 날 눈앞에 나타난 것이다. 급하면 공조고 뭐고 없다. 일단 부딪친다. 냅다 달려서 잡을 듯한데, 어림없이 놓쳤다. 도망자와 추격자 중에 누가 더 절박할까! 같은 능력이라면 도망자가 빠를 것이 분명하다. 더구나 캄캄한 밤이다. 박 형사는 술을 마셨다. 몸이 말을 듣지 않는다. 본능대로 달리다가 축대에서 그만 떨어지고 만다. 다리를 다쳤다. 일어나질 못한다. 한참 후 지나가는 사람에게 발견돼서 구조되었으나, 머리를 다치고 왼팔이 부러졌다.

공사장 축대가 높다. 바닥으로 떨어지는 바람에 부상이 크다. 문제는 박 형사의 부상을 공무 중 부상 당한 게 아니라고 보는 것이다. 본인은 용의자를 검거하려다가 다쳤다고 주장하지만, 믿어주지 않는다. 용의자를 검거했으면 모를까, 공상이 인정되지 않았다. 그냥 술 마시고 가다 다친 거다.

가뜩이나 인력도 없는데 잡으라는 용의자는 못 잡고 다쳐서 병가 처리를 한 박 형사는 알게 모르게 미운털이 되어 버렸다. 몸은 또 언제 다 나을지 모르는 일이다. 공상이라면 경찰 병원에 입원하고 치료비 걱정이라도 면할 텐데, 병원비도 걱정이다. 이래저래 오래 쉬다가 형사과로 들어가지 못하면 어떻게 하나, 걱정도 태산이다. 날아다니던 몸이 묶여 있으니까 답답해서도 죽을 맛이다.

무엇보다 본심을 몰라주는 직원들과 상급자들, 나라님 모두가

서운하다. 치료에 전념하고 재활에 최선을 다해야 할 몸인데 술로 화풀이를 한다. 붕대를 덕지덕지 감은 채 술병을 들고 마시던 박 형사의 모습이 생생하다. 다들 바쁘게 살다 보니 그가 다 나았는지, 언제 퇴원했는지 잊고 있었다. 나중에 퇴원했다는 소식을 들었다. 다시 경찰을 그만두었다는 소식이 들렸다. 또다시 들려 온 소식은 죽었다고 했다. 이해하기 어렵고 믿을 수 없었다.

박 형사의 자살은 소설이라 해도 개연성이 떨어진다. 다른 사람도 아닌 경찰이 그 정도로 자살을 하다니 말이 되나? 세상에 아픈 사람이 얼마나 많은지 모르는 사람인가? 죽을병도 아니고 부상 당한 일인데 그만한 일로 죽어? 직장이 떨어졌다고 치자. 젊디젊은 몸이 뭘 해서라도 살면 되지 그렇다고 죽어?

억울하다 치자. 세상에 억울한 일이 어디 한두 가지인가? 억울하면 더 잘 살아야 한다고 자기 입으로 말하던 사람인데 죽어? 그 사람의 입장이 되어 보지 않고는 알 수 없지만, 객관성이 떨어지는 죽음을 놓고 한동안 동요했다. 누구보다도 진급 열망이 있고 밝고 건강한 그의 이면에 남모르는 고민이 있었는지 모르겠지만, 노모는 막둥이 아들이 떠난 후 정신이 온전치 않아 보였다고 한다. 정혼녀와의 파혼 충격과 당뇨로 상처가 썩어가는 지경에 이르자 삶의 의욕을 잃었다고 했다. 이해하며 애석한 마음으로 작별했다.

객관적으로 볼 때, 박 형사는 본인 부주의, 개인사, 의지력 약화, 우울감으로 세상을 버린 것으로 되었다. 좀 더 자상하게 들여다보면, 좀 더 살폈더라면 극단까지 가지 않았을 것이라는 아쉬움이 크다. 실제로 일선 경찰의 부상이 자주 있다. 사건 현장에서 가만히 잡혀 오는 자가 몇이나 될 것 같은지 짐작해 보면 이해가 될 것이다. 범인을 눈앞에서 놓치거나, 잡은 범인을 경찰이 다시 놓쳤다면 두말할 필요도 없이 무능한 경찰이다. 검은돈을 받았다면 부패 경찰이다. 처벌받고 옷을 벗어야 한다. 범인에게 맞은 경찰은 등신 아니면 나약한 경찰이다. 총기 사용으로 검거했다면 과잉 진압이다. 그래서 직원들 사이에서도 총기 사용을 하지 말아라, 차라리 놓치는 게 낫다는 말도 나온다. 부상 경찰들은 공상 치료보다 자가 치료를 선택하는 경우가 많다. 검거 현장에서 다친 건 그나마 공상 쪽으로 갈 수 있는데, 과로로 병이 든 경우는 자기 팔자소관이다.

동의대 사건

　80년대 말, 대학가 학내 분규가 유난히 많았다. 학내 문제가 시국관으로 번지는 바람에, 자고 나면 데모 진압 소식이 메인 뉴스로 등장했다.

　전경대의 역할이 커지자 증원이 필요했다. 진급에 관심이 높은 경찰들에겐 일반 시험보다 약간 편해 보이는 전경대 쪽으로 방향을 잡기도 했다. 이곳에서 진급하면, 일단 전경대에서 근무해야 한다.

　동기가 시험에 합격하고 발령받았다. 날마다 출동이다. 유난히 대학가 분란이 심할 때라, 일반 데모보다 대학교 학내 안정에 전투력이 집중되었다. 부산 동의대에서도 학내 문제가 발생했다. 시작은 입시 부정이다. 부정행위가 발생되자 학생들은 비리 척결을 외치며 집단행동을 했다. 학생들이 학교 밖으로 나오는 걸 막기 위해 출동한 전경대가 대치하면서, 전경 다섯 명이 학생들에 의해 끌려갔다. 전경들 중에는 대학을 다니다 들어왔기 때문에 데모대와 안면이 있는 경우도 많았다. 아무튼 당장은 대척점에 섰다.

학교 도서관 건물 7층에 갇혀있는 전경을 구출하기 위해 경찰력이 투입되었다. 경찰이 들어간 곳에서 원인 모를 불이 났다. 시위 학생들 누군가 화염병을 쌓아 놓고 불을 지른 것이다. 문은 밖에서 잠겨 있다. 경찰관 두 명이 그 자리에서 사망했고, 전경 네 명은 창밖으로 뛰어내리거나 창틀을 붙잡고 있다가 추락사했다. 많은 경찰이 화상과 부상을 입었고, 많은 전경이 다쳤다. 이때 동기가 죽었다.

　죽고 나면, 후회하는 말들이 있다. 괜히 전경대 시험을 봤다. 아니 괜히 경찰이 되었다. 죽은 다음 2계급 특진이면 뭐하나 개똥밭에 굴러도 이승이 좋은 것을, 아까운 목숨에 탄식이 흘러나왔다. 남의 일 같지 않기 때문이다. 단일 사건으로 경찰관의 희생이 너무 컸고, 주검을 수습하는 동료 경찰의 울분이 생생하게 전달되었다. 죽는 순간까지 몸부림쳤던 창문과 벽에 남은 흔적과, 사람의 형상이라곤 믿을 수 없는 시신에 분개하지 않을 수 없는 사건이다.

　순직 경찰관 합동 장례식이 눈물 속에 거행되었다. 학생들은 현존 건조물방화치사상, 특수공무집행방해치사상, 살인 미수, 국가보안법, 폭력행위 등 처벌에 관한 법률 위반, 집회 및 시위에 관한 법률 위반 등 엄벌에 처해졌다. 그러나 정권이 바뀌고 나니 해석이 참말로 달라진다. 당시 학생들에게 과한 면이 있으나 살인에 대한 고의성이 없었다며 오히려 민주화 운동 관련자로 인정하고 1인당 평균 2500만 원의 보상금을 지급했다.

자~ 이쯤이면 법이 나일론 줄이다. 불을 지를 자들이 고의성이 없다 치자. 죽은 자들은 고의로 죽었나? 병신들이라서 죽었나? 죽고 싶어서 환장했나? 〈젊은 경찰관이여 조국은 그대를 믿는다〉는 표어가 있다. 이 말을 듣고 새기며 얼마나 가슴이 울컥했는지 모른다. 바꿔 보자. 〈조국이여 젊은 경찰관에게 무엇을 해 주었나!〉

한목숨 불태울 만큼 조국은 경찰에게 믿음을 줘야 한다. 굳건한 믿음을 주고 나서, 책임과 의무를 말하란 말이다.

임 소장

초심 정신을 잊지 말자고 하면서, 초임의 과시가 사고를 유발할 때가 있다.

무궁화꽃이 피기 직전 잎사귀 네 개인 경사 지서장의 끗발은 대단했다. 작은 단위 지역일수록 지서장은 초법 지대다. 모자에 꿩털만 달지 않았지, 거의 포도대장이다. 막걸리집에 가면 막걸리 한 잔 정도는 괜찮지 담배 가게 가서는 담배 한두 갑 정도는 괜찮지, 중국집에서 짜장면 한 그릇 정도는 괜찮지. 다방에서는 커피 한두 잔 마셔 주는 것만 해도 영광이겠지. 명절이면 영세 사업장 다니면서 뭔가 받아먹었을 법한 낯짝이다. 심지어 길거리 군고구마 한 개라도 얻어먹을 자가 어떻게 경찰 제복을 입었는지 의아하고, 어떻게 옷을 벗지 않고 버티고 있는지도 궁금하고, 어떻게 경사까지 달았는지 갖가지가 아리송하다.

조금이라도 강자다 싶으면 한없이 상냥한 미소를 짓는 이, 조금이라도 약자다 싶으면 눈빛과 목소리가 달라지며 모가지가 꼿꼿해지는 인물이다. 그가 처자식을 두고 다방 아가씨와 바람이 났다. 딸 나이뻘에 얼굴이 반반하다.

1980년 김 순경 이야기

여자를 위해선지, 형편이 좋아선지 자가용도 장만했다. 날마다 지서 수돗가에서 세차하는 게 일과의 시작이다. 차를 말끔히 닦고 다방으로 2차 출근을 한다. 새 가슴이라 멀리 가진 못한다. 지서 일이 있으면 10분 내 달려올 수 있는 지근거리에 짱박히는 치밀한 자세다. 직원들을 위해 천 원 한 장 쓴 적 없는 이, 오히려 도급 경비에서 고추장 한 봉지라도 갖다 먹는 이에게 '돈' 사단이 났다. 누구나 예상할 수 있는 일이었다.

다방 불륜녀에게 2억 원을 보증 섰는데 그녀가 날아갔다. 그냥 날아간 게 아니라 어떤 젊은 놈을 달고 날아갔다. 그녀에게 당한 사람이 여럿이다. 지서장도 썩은 굴비처럼 엮여 있다. 본가 집 담보 대출 1억 원, 퇴직 예상금에서 5천만 원 대출, 주변에서 빌린 것을 합하여 5천만 원까지, 탈탈 털어서 바쳤다. 타산지석이다. 주변의 선악善惡이 모두 삶의 스승님이다.

본가 차압에 앞서, 지서장 딸과 아내가 왔다. 오갈 데 없는 본가 입장에서 무슨 말이 나오겠는가! 다양한 싸움판을 봤지만 이처럼 가까이서, 이처럼 살벌한 장면은 처음이다. 사모님을 얼핏 본 기억에는 유순한 이미지였는데, 그날은 목숨을 내놓은 악귀 같았다. 두 딸까지 합세해서 죽일 놈, 살릴 놈, 때리고 던지고 부수고 난동이 벌어졌다. 직원들이 총동원해서 만류해도 소용없다. 하는 수 없이 인근 파출소 기동 대원을 불러 분리 조치했다. 그날 밤 임 소장이 집을 나갔다. 정황상 나갈 만했다. 당장 직을 그만

둔다 해도 이상할 것 없는 자업자득의 상황이다. 그래도 그렇지 그렇게까지 할 줄은 몰랐다.

고향집으로 내려간 임 소장은 아무도 살지 않는 빈집에서 생을 마감했다. 휘발유 한 통을 끼얹고 숯검정이 되었다. 생전에 그리 모자라게 생각한 사람이지만, 마지막이 너무 비참했다. 그래도 순진했던 미소 한 자락이 쓸쓸한 여운이다.

또 다른 '김 순경'

같은 성씨에 본관도 같은 김 순경은 천성이 바르다. 결혼식까지 갔으니까 좀 더 친근한 사이라고 하겠다. 더 친근한 이유는 성격이 비슷해서 그런 것 같다. 그도 경찰답지 않다는 평이다. 말수 적고 얌전하면 그런 말을 듣는다. 그래도 주어진 일을 깔끔하게 해낸다. 가능한 한 민원인이나 범법자들의 성질을 긁지 않고, 직원 간 마찰도 피하는 편이다.

세월이 빠르기도 하지, 결혼한 지 엊그제 같은데 아들 하나 딸 하나를 두었다. 지극히 평범한 가정인데 탈 날 게 뭔가! 아내가 너무 미인인 게 탈이었나!

사실 우리 경찰들은 아주 노력하지 않는 한 가정적으로 살기가 어렵다. 봉급이 철철 넘치는 것도 아니고, 시간적 여유가 많은 것도 아니다. 밖에서 하는 일도 거칠고 알게 모르게 내부 마찰도 제법이다. 그러다 보니 가정에 소홀한 편이 있다. 이 부분에서 아내들의 이해가 필요하다. 더러 맞벌이하는 아내가 있고, 얌전히 알뜰하게 살림 잘하며 남편 보조하는 아내가 다수다.

김 순경의 아내가 미인인 것은 결혼식장에서 봤으니 안다. 다들 복 받았다고 칭찬하고 부러워했다. 행복하게 사는가 싶었는데 소위 인물값이 나왔나 보다. 바람이 났다. 남자들 바람은 돌아오는 바람이고, 여자 바람은 나가는 바람이라 한번 바람 난 여자는 돌아오기 어렵다는 설에 설득력 있다. 김 순경의 아내가 돌아오지 않았다. 본래 내성적인 사람이라 말 못 하고 고민했겠지. 아이들 생각에 극단적 생각은 못 하고 하루하루 지옥을 살았겠지.

하루는 아내가 돌아왔다. 김 순경이 오염된 아내를 붙잡고 애원했다고 한다. 애들 봐서 용서할 테니 다시 출발하자고 부탁했단다. 이미 마음 떠난 아내는 이혼에 위자료까지 입에 담았다. 그리고 집을 나갔다. 쫓아가 보니 내연남이 있었다. 눈이 뒤집힌 김 순경 내연남을 죽이려고 덤빈 모양인데 오히려 그놈에게 칼을 맞았다. 단 방, 한칼에 그 자리에서 즉사했다. 우리 직원의 사건이고, 우리 전 직원의 분노가 가득 찬 사건이었다.

담당 직원은 말할 것 없고, 전원이 비번을 내어 전국을 누벼서 한 달여 만에 두 사람을 잡았다. 드라마라 해도 믿기지 않을 설정이다. 그래서 나온 말이다. 현실은 소설보다 더 기이하다고 하지 않는가! 그를 생각하면 지금도 가슴이 아프다. 너무 선한 사람이기 때문이다. 아무라도 목숨은 귀하지만 죽어 마땅한 인물이 있고, 절대로 그래서는 안 될 사람이 쓰러질 때는 가슴이 너무 아리다.

1980년 김 순경 이야기

한 사람의 죽음은 그 사람 하나로 국한되는 게 아니다. 부모님 목숨도 함께 거두는 것과 마찬가지다. 아이들의 성장 과정과 미래는 어떻게 되겠는가! 이를 바라보는 직원들과 지인들의 분노와 상실감도 크다. 불가에서는 옷깃만 스쳐도 인연이라 하지만, 함부로 인연을 맺지 말라고 한다. 잘못된 사람을 인연인 줄 알고 맺었다가 그로 인한 침해를 평생, 온몸으로 감당해야 하기 때문이다.

처음부터 만나지 말아야 할 사람을 만난 게 잘못이다. 잘못된 인연이 주는 폐해가 얼마인지 아픈 교훈이다.

만나서는 안 될 사람

"많은 사람이 그를 좋다고 말하면 좋은 사람인가요?"

제자가 공자님께 물었다. 그럴 수 있고 그렇지 않을 수도 있다. 모인 무리가 좋지 않은 부류면, 전부가 좋다고 말한들 좋을 리 있겠는가! "많은 사람이 나쁘다고 말하면 나쁜가요?" 같은 말이다. 바른 사람들이 나쁘다고 하면 나쁜 것이다.

거머리는 다른 생물의 피를 빨아 먹고 사는 생물이다. 모기, 진드기, 기생충 모두 다른 생물의 피를 빨아 먹어야 사는 해충이다. 이런 해충이 가까이 있으면 일상이 괴롭다. 관계는 맺기보다 정리가 어렵다는 말이 지당한 경우다.

수년간 가는 곳마다 수많은 직원의 피를 빨아먹는 흡혈귀가 있는데, 바로 서이정 경감이다. 직위는 현재 교통과장이다. 루쉰의 소설 『아큐정전』에서 비굴의 아이콘, 아큐를 똑 닮았다. 일반인이 아니라 직원들을 등쳐먹는다는 게 특징이다. 아침마다 결재 서류에 돈 봉투가 끼어 있어야 결재가 쉽게 이루어지고, 없으면 온갖 트집을 잡는 흉물이라는 소문이다.

1980년 김 순경 이야기

교통과에서 하는 일을 보자. 교통 관리계, 교통 안전계, 교통 조사팀, 교통 범죄 수사팀, 싸이카도 여기 소속이다. 주로 범칙금 관련 업무다. 도로교통법 경범죄 처벌법, 일상생활에서 흔히 일어나는 경미한 범죄행위에 대해 관할 경찰 서장이 법규 위반자에게 발부한다. 일명 교통 딱지다. 그 외에도 쓰레기를 방치, 자연훼손, 노상 방뇨, 꽁초 버리기, 도로 무단 횡단, 공공장소 흡연 등 공공질서에 혐오감을 주는 행위자에게 범칙금을 부과한다.

만약에 부과된 범칙금을 내지 않으면 경찰서는 사건 처리를 법원에 넘기고, 법원은 이를 즉결 심판에 회부한다. 판사는 사건의 내용을 파악하고 범칙금이 아닌 벌금을 부과하게 된다. 벌금을 내지 않으면 검문검색 시 발견되어 유치장에 들어가게 된다. 가서 벌금 내면 나오고 못 내면 벌금만큼 노역해야 한다. 현장에서 일반인과 가장 밀접하게 상호 작용을 하기 때문에, 가장 높은 도덕성과 강직하고 청렴성이 요구되는 부서라고 볼 수 있다.

어느 집단이나 미꾸라지가 있다. 한두 마리 미꾸라지가 물길을 흐리듯이 한두 인간이 교통경찰의 이미지를 개판으로 만드는 경우가 있다. 이게 일선에서 혼자 비리를 저지르면 저 하나 옷 벗고 나가면 되는데, 명색이 과장이란 게 비리를 조장하면 진짜 난리다. 부화뇌동하거나 나가야 한다.

역대급 거머리가 과장으로 와서 자리 보존한 지 2년 째라 한다.

그동안 함께 근무하다 견디지 못하고 나간 직원이 타 부서에 비해서 세 배는 많다는 전언이다. 요즘 세상에 그런 인간이 있단 말인가! 의문은 현실이고, 현실은 부서를 흔들어 놓는다. 교통 싸이카 1년만 타면 집 한 채 산다더라. 교통계 직원 부인은 날마다 다리미로 돈을 다림질한다더라. 교통 단속을 하면서 검은돈을 받아서 여기저기 쑤셔 넣었다가 집에 가서 털어놓으면 구겨진 돈을 그 아내가 잘 다림질한다는 말이다. 뭐, 실존 인물이 있는지 모르겠지만 이런 루머가 나오는 게 문제다. 한두 인간이라도 있었으니까 나온 말이 아닌가 싶다.

교통 내근으로 들어온 건 비극이다. 아니 교통계가 문제가 아니라 '서이정'이라는 인물을 만난 게 비극이다.

교통 내근은 말 그대로 내근이다. 어디 가서 비리를 저지르려야 저지를 틈이 없는 자리다. 어디서 뜯어서 저 먹고 계장 먹이고 과장 먹이는 빵집 주방장도 아니다. 날마다 서류 정리를 하는 자리다. 지파 교통 스티커 나가고 들어오는 숫자 정리하는 것, 일련번호 맞춰보고, 장거리 운행하는 덤프트럭 운행 허가증 발부하는 것들이다.

밖에 나가서 도둑질하지 않는 한 돈 나올 구멍이 없는데, 과장 결재 시 분위기가 별로다. 뭐 잘못된 것도 없는데 괜스레 뒤적거리고 인상 쓰고 지랄스럽다. 지랄도 습관이라고, 비굴한 금전에 취한 얼굴은 싸구려 술에 취한 것보다 추하다. 아니 생김새까지 사악하게 보인다.

며칠 전 한 직원이 결재받으러 갔다가 과장 면상에 재떨이를 던졌다는 말을 들었다. 그 정도면 크나큰 하극상인데 조용히 지나는 걸 보면 안 봐도 비디오다. 너무 빨던 빨대가 부러진 것이다.

보직이 좋으면 그 자리에 오래 머물고 싶다. 지금은 조금 힘들지만, 다음 발령에 좋은 부서로 가고 싶다, 근무 평가 인사 고과에 좋은 평점을 받으려면 아무래도 주무부서 과장 입김이 작용한다. 이런 것들이 알게 모르게 고문 사항이다. 좋거나 싫거나 잘 보여야 하는 게 말단의 처지다. 과장님 볼 때마다 미소로 굽신 인사드리고, 입맛에 맞는 말을 잘 하고 때때로 식사 대접도 잘 하고, 뭐라 하면 감탄의 눈빛으로 호응 드리고, 명절이나 생신을 잊지 말고 챙겨 드리고, 두루두루 아부가 몸에 착착 맞는 이가 있다. 그냥 자기 일 묵묵히 하는 직원은 비리 과장에겐 쓸모없는 잡것이다.

나도 잡것에 해당한다. 이유 없이 인상 쓸 때마다 집에서 생돈이라도 갖다 처넣어야 하나! 그랬다. 돈 봉투를 결재판에 처넣어 봤다. 서류를 볼 것도 없이, 환한 미소를 지으며 사인한다. 한데 이게 며칠 가지 않는다. 월급이 얼마나 된다고 이런 식으로 갖다 바친다면 당할 재간이 없다. 무엇보다 과장이 인간으로 보이지 않는다. 불만이 나오길래 직원끼리 함께 쏟아내었다.

비리를 까발리자. 쳐 내자. 여러 분노가 쏟아져 나오지만, 막상 대들지 못하는 게 이 조직 특징이라고 하겠다.

또 하루, 도살장 끌려가는 심정으로 결재를 받으러 갔다. 사람을 위아래 스캔하듯 쳐다보면서 생트집이 시작된다. 눈치 없고 능력도 부족하고 업무 처리도 엉망이고 뭐 한 가지 제대로 하는 게 없다는 두루뭉술 지랄이다.

지적해 주시면 바로 정정하겠다고 답하니까, 어린애냐~ 하나하나 일러주랴~ 여태까지 뭘 배웠는지 모르겠다. 아이고 팔자야~ 너 같은 것을 직원이라고 두다니~ 병신아~ 허수아비가 낫겠다~ 이 인간이 정도 증상은 아니었는데, 왜 그럴까 생각해 보니 어제 나눈 말이 이 짐승 귀로 들어간 모양이다. 은혜와 원수는 한 부엌에서 나온다더니, 첩자가 있었다. 결재판에 돈은 넣지 않고, 뒤에서 험담했으니 더 지랄이다. 딱히 대놓고 말할 수 없으니까, 그냥 세워 놓고 비아냥거린다. 지랄하다가 쉬었다, 또 지랄하다가 쉬었다를 반복한다. 간신히 침을 삼키며 이제 그만 가 봐도 되는가 물어보면, 쳐다보지도 않고 대꾸를 안 한다.

오전 결재 갔다가 점심도 거르고 퇴근 시간까지 서 있었다. 아니, 그가 세워 두었다. 됐다. 이쯤이면 하늘에 계신 어머니도 이해하실만하고, 집사람도 그만하라는 마음의 소리가 들린다.

그만 사고 칠 것 같다. 더 이상 너란 짐승을 상사로 대접할 수 없다는 생각에 불같이 화가 터져 오른다. 앞에 있는 의자를 집어서 대갈통을 갈기고 싶은 충동과 다 때려 부숴 버리고 싶은 울화로 몸이 부르르 반응한다.

"아침부터 다섯 시간이나 세워 놓는 이유를 말해 씨~팔놈아~~ 뭐가 문제인지 말해! 씨발놈아, 패 죽여 버리기 전에 말해! 돈 달라고 지랄하는 거 말고 뭐 또 있으면 말해 씨팔놈아~~~"

이 말을 간신히 삼키고, 종일 들고 있던 결재 서류를 과장 책상에 내던지며 똑바로 쏘아보았다. 충분히 사고 칠 것 같다. 저도 당황스러운지, 아니 병신이 왜 이러지? 하는 모습이다. 병신으로 본놈이 뒤집어지니까, 제 딴에도 놀란 모양이다. 심상찮은 분위기에 눌렸는지, 고개 숙이고 말없이 싸인한다. 다섯 시간 만에 결재다. 그자의 방문을 부수듯이 닫았다.

사표

다음 날 출근하지 않았다. 집사람에겐 몸이 아프다고 말했다.
아무리 봐도 출근을 못 할 정도로 아픈 몸이 아닌데 무슨 일이
있는 것으로 감지한다. 아내도 절반은 경찰이다. 고민을 같이 해
결하자고 말한다. 고맙다. 미안하기도 하다. 그만두고 싶다는 말
을 했다. 그래, 그러라고 한다. 그러나 이유나 알자고 한다. 어제
결재 이야기부터 그 전에 상황까지 다 꺼내 놓았다. 그래도 참아
야 하겠느냐? 그만 다른 길을 찾아도 되겠느냐? 물었다. 아내는
수모를 견디느라 정말 고생 많았다, 정말로 큰 사고가 날 뻔했다
며 사표를 쓰라고 한다. 사표를 안 쓰면 오히려 더 이상하다고 말
한다.

사실 직장을 그만두고 나면, 당장에 할 일이 없다. 아무런 대안
이 없다. 하지만 더 이상 출근을 할 수 없을 것 같다. 아내가 말
한다. 걱정 마라, 뭐든 할 수 있다, 단 사표는 쓰되 그 인간도 같
이 사표 쓰는 방향으로 해야겠다고 한다.

다수가 나쁘다면 나쁜 것이다. 인간 재앙은 물리칠 수 있다.

아내가 과장을 만나러 간 줄은 몰랐다. 같이 근무하는 정 형사

가 알려 줘서 알았다. 당시 내 맘도 이판사판이라 왜 갔느냐고 묻고 싶지 않았다. 어차피 그 인간에게 잘 보이기도 싫고, 그만둘 맘 자리니까 두려울 것도 없었다. 오히려 서장님이 나를 불러 말할 기회를 줬으면 싶었다.

아내가 사직서와 준비한 책 『초한지』를 함께 주면서 과장에게 내용을 아느냐고 물어봤다. 주인공이 천하를 제패한 까닭이 무엇인지 보시라! 세상 두려울 것 없던 항우가 찢겨 죽은 이유를 아시는가? 아내의 의도된 질문이 이어졌다. 인재의 역량을 알거나, 의심하거나, 버리는 지도자 차이다. 부하 직원을 역량에 따라 적소에 기용했기 때문이다. 모두 믿을 만했고, 믿는 만큼 책임을 다해 한나라를 세웠다. 경찰을 여기에 비할 바 아니지만, 의미가 그렇다는 것이다.

직원의 능력을 파악해서 업무에 적용해야지, 사리사욕에 활용하고 맘에 안 들면 모욕해서 제 발로 나가게 하는 것이 과장의 업무인가? 이 문제를 여기서 해결할까~ 아니면 다 파헤쳐 상부에서 진상 조사를 하도록 할까!

남편이 교통계에서 일하는 게 너무나 힘들었다고 한다. 그 이유를 알고 계신가? 안다면 왜 그런가 말씀해 보시라! 모른다면 알려 드리려고 왔다. 이 사람이 지금 자리에 역부족이라면 내보내면 됐지, 굳이 사표를 던질 만큼 떠밀어서 한 가정을 파탄 내는 게 옳다고 보는가! 이후로 우리 집 생활이 어떻게 될 것 같은가? 경찰 때려치우고 삶이 어려워지면 사는 동안 과장님을 어떤 모습으로 생각하며 살 것 같은가? 뿐만 아니라 내 자식의 미래도 연결된 일이고, 집안 누구라도 이 사실을 안다면 과장님 이름자를 어떻게 생각하겠는가!

내 남편이 여기 이 자리에서 말도 안 되는 수모를 당했다고 들었다. 입장을 바꿔서 과장님이 서장님께 불려가 대여섯 시간 서 있다고 생각해 보시라! 본인이라면 상사의 부당한 경우를 마냥 당하고 계시겠는가! 해서는 안 될 언행을 보이고 뺐었다고 들었다. 절차를 거쳐 경찰에 들어왔는데, 직원 보고 병신이라고 하셨다. 남편이 병신이면, 나는 병신 아내다. 내 자식은 병신 자식이 된다. 이 부분, 설명하시든지, 해명하든지 사과하시라!

아무리 먹고살 길이 없다고 해도 저런 인간과 함께 근무할 수 없다. 계속 출근하지 않았다. 그만둘 생각이었다. 기대와 바람이 없어지면, 아쉬울 것도 없고 무서울 것도 없다.

3일째, 교통계장에게 전화가 왔다. 다음 달 임시 검문소 설치령이 나왔으니까 거기로 발령 낼 것이니 출근하라는 연락이 왔다. 못 이기는 척 나갔다. 과장 결재는 계장이 대신했다. 서로 못 본 척하고 지내는 동안 두 번이나 더 시끄러웠다. 과장이 한번 얕잡히니까 다른 직원들도 앞다퉈서 덤빈다.

멈춰있는 관계란 없다. 관계란 움직이는 것이다. 상대방과 더 가까워지든지, 더 멀어지든지 해야 하고, 또 자연스럽게 정해진다. 몸이든지 마음이든지 필요에 따라 움직이는 건 한계가 있다. 더러운 환경은 치우든지 피하든지 해야 한다. 마음에 든 독소나 몸속에 똥오줌도 비워야 개운해진다. 그 후, 김 순경 부인이 교통과장 싸대기를 때렸다는 소문이 돌아다녔다. 그렇게 믿고 싶은 직원이 있었다는 반증이다.

임시 검문소로 발령받아 근무한 지 6개월 정도 지나자 교통과장이 퇴임했다는 소식이 들렸다. 파면이 아니고 퇴임이라니~ 재주 있다 싶었다. 몇 년 후 태극기를 팔러 다닌다는 이야기가 돌았다. 퇴임 후 사업을 했는데 동업자가 돈 들고 도망가는 바람에 빈털터리가 되었다는 것이다. 악인의 망조는 꼭 그러하기를 믿고 싶은 게 인지상정이다. 부하 직원들 등골을 빼서 사업을 했던 모양인데 그게 잘 될 리 있겠나. 서이정의 돈을 떼먹고 도망간 그 사람을 만나면 술 한 잔 사주겠다는 직원이 많았다.

진인사대천명이라고 사람이 할 일을 다 하고 하늘의 운명을 기다리라는 말이다. 그러나 하늘이 내리는 재앙보다 스스로 만들어낸 재앙은 피할 길이 없다고 한다. 상대를 깎아내리고 상대를 밟아서 잠깐 자기를 높일 수는 있을지 몰라도 그것이 얼마나 지속될까! 그런 기만술로 올라간 사람은, 본인은 만족하겠지만 직을 내려와 보라, 알 사람은 다 알고 있었음을 발견할 것이다.

그리운 사람들

　지나고 보니 그때가 행복이었다. 가난한 시절이지만 행복했던 까닭은 구성원이 함께했기 때문이었다. 여러 곳에서 근무하는 과정에서 가장 기억나는 장면을 꼽으라면 '태장 파출소'를 제1순위로 택할 것 같다. 당시 파출소는 통닭집 건물 한쪽 구석에 세 들어 살았다. 계약 기간이 지나 근처에다 파출소를 새로 짓게 되었다. 건축은 건축업자가 짓는 것이지만, 과정에서 직원들이 해야 할 일이 많았다.

　일상 업무를 하고 나서 휴무인지 근무인지 알 수 없을 정도로 사무실 정리에 바빴다. 이사를 가고 오는 과정에, 집기 정리와 서류 정돈을 모두 직원들이 했다. 누가 더하고 덜하고 나누거나 불평하는 이 없이 자기 일처럼 정성을 다했다. 초임 소장님도 후덕한 인품이었고, 당시 총각이었던 정판일. 최신훈. 고석 순경의 풋풋한 모습이 눈에 선하다. 여기서 시작한 초임들이 결혼하여 일가를 이루는 과정을 보았다.

　근무 당시 선배라는 위치에서 아무런 도움이 되지 못했는데도 늘 깍듯하게 존중하고 따라 준 마음들이 참으로 고맙다.

1980년 김 순경 이야기

타지에서 근무하다 보면 고향에 대한 정감이 더욱 진하다. 같은 고향 출신끼리 모임을 갖기도 하고, 일할 때도 후배나 고향 출신을 찾는 이유가 정서의 공감인 듯하다. 그래선지 전라도는 전라도끼리 모이고, 경상도는 경상도끼리 모인다. 우리는 충청도니까 충청도끼리 모인다. 일터만 그런 게 아니라 모임에서도 그렇고, 정치 경제적 성향도 비슷하게 따라간다.

정판일 형사는 고향이 전라도 어디라고 했다. 그러나 지역 냄새를 풍기지 않고 누구와도 잘 지내는 넉넉한 성품이다. 강직한 성향으로 불의나 건방짐을 좌시하지 않는 영락없는 형사감으로 보았다. 후배지만 어려운 후배인데, 함께 생활하다 보니 여린 친구였다. 업무에는 강인한 모습인데, 집에 가면 홀어머니를 극진하게 모시는 효자에, 다정한 가장으로 말없이 살아가는 모습이 평범한 듯하지만 대단해 보였다. 집사람도 정 형사에 대하여 늘 호의적으로 말하곤 한다. 어디서 근무하든지 몸 건강히 챙기며 잘 지내길 바란다.

지난여름, 아내와 충북 여행을 했다. 울고 넘는 박달재를 돌고 돌아 청풍 호수 단양 팔경을 구경하면서 최신훈 형사 고향이라는 말을 나누었다. 좋은 풍경에서 이름을 떠올리면 갑자기 더 그리워진다.

최 형사도 축원하는 대상이다. 여린 사람이 그 힘든 조사계에서 깡 있게 버티면서 일하는 걸 보고 놀랐다. 그의 가족이 건강하게 잘 살았으면 좋겠다. 태장 파출소에서 당시 가장 어린 고 순경의 첫 느낌은 고등학생처럼 보였다. 방금 목욕탕에서 나온듯한 미소년이 어찌 경찰이 되었나 기특했다. 오토바이 순찰 중 교통사고로 발목이 부러졌을 때 얼마나 걱정했는지 모른다. 천만다행으로 잘 고치고 탈 없이 생활하니 부모님께 효도하고, 조직에 충성한 셈이다. 떡잎을 보면 장래를 알 수 있다는 말이 맞다. 당시는 어린 새싹 같았지만 잠재력이 대단한 사람들이다. 수사과에서 합류한 의리맨 유경식 형사도 그렇다. 부르지 못한 이름들 다시 만나서 옛이야기를 나누며 회포를 풀고 싶다.

그동안 자의 반 타의 반으로 우리 조직을 떠난 사람이 얼마인지 모르겠다. 한 동네에서 앞서거니 뒤에 서거니 경찰에 입문했어도 같은 평판이 아니다. 누군 원래 마음 그대로인데, 누군 경찰 되었다고 동네 어르신들 앞에서 거들먹거리더라~ 누군 그만두었다더라!

경찰에서 떠나가 사업에 성공하는 지극한 상황도 있고, 경찰을 떠난 후 하는 일마다 족족 말아 먹고 세상과 담쌓는 경우가 있었다. 잘못에 비해 억울하게 뒤집어쓰고 쫓겨난 사람이 있고, 부정한 데도 교묘하게 보직하는 경우가 있다.

아까운 사람은 아까워서 궁금하다. 잘 사는지 궁금하다. 아깝지 않은 사람은 아깝지 않아도 궁금하다. 잘 못살고 있는지 궁금하다. 지난 삶은 대부분 잊고 사는 게 인생인데 어떤 풍경이나 어떤 사람을 보면 갑자기 추억이 되살아난다. 멋진 풍경과 아름다운 이야기에서 떠오르는 사람이 있고, 오염되고 파괴된 자연과 비열한 뉴스에서 생각나는 인간이 있다. 기억의 회로가 나도 모르게 무심히 작동한다.

우리는 무엇으로 사는가!

　사람의 마음에는 무엇이 있는가. 사람에 허락된 것은 무엇일까! 사람은 무엇으로 사는가! 누구든 자기만의 바람, 자기만의 사연이 있겠지. 같은 이야기를 나누던 사람들도 앞서간 걸음을 보면 조금씩 다른 모습이 보인다. 선배들은 젊음의 꿈을 얼마나 이루었을까! 한 발이라도 앞서가려고 그토록 각축하던 젊음을 뒤로하고 지금 서 있는 위치에서 얼마나 만족하고 있을까! 아쉬움은 얼마나 남아 있을까! 다시 돌아가면 무엇을 더 하고 싶을까! 무엇을 정정하고 싶을까! 도전과 열정의 나이는 어디쯤에서 숨결을 고를까! 다시 돌아봐도 정말 열성을 다했던 보람이 있고, 지금 다시하라면 정말 잘할 것 같은 후회의 장면에 공감을 더한다.

　이렇게 그려 놓은 회고담을 되새김질하는 선배를 보면서 내가가는 길을 미루어 짐작해 본다. 대단한 경제력도 아닌, 불멸의 사건을 해결한 것도 아닌, 자랑할만한 선행이나 봉사를 내놓을만한것도 아니라면, 무슨 이야기를 할 수 있을까!

　매일 들리는 소식마다 평범하지 않다. 갈수록 사건은 경찰 기술의 발전 못지않게 진화하고 있다. 춥고 배고파서 일어나는 생계형

1980년 김 순경 이야기

범죄는 사라져 가고, 순간의 감정적 사건과 도무지 알 수 없는 묻지 마 범죄가 늘어난다. 예전이라면 그저 그렇게 넘어갈 일도 긁어서 사건이 된다. 일면식도 없는 범죄 양상의 변화다.

기이함이 잦다 보니 당사자 말고는 무덤덤 무의미해진다. 사람은 모두 같은 모습으로 태어났는데, 어찌하여 나중에는 대인과 소인, 악인과 선인으로 나뉘게 되는 걸까! 옛글에서는 작은 것, 보잘것없는 일에 일희일비하고 절제 없이 본능대로 움직이는 걸 소인이라 하고 대의를 따르며 절제하고 선한 의지를 따르는 이를 큰 사람이라 한다. 짐승들도 먹고 마시고 보고 듣고 아무 데나 자고 싸고 새끼를 보호할 줄 알고 더 영리한 녀석은 배변까지 가린다. 사람이 이와 다른 건 이름을 중시한다는 점이다. 지나온 자리마다 괜찮은 경찰이었다는 이름을 남기고 싶다.

사는 동안, 최우선이 얼굴이라면, 최종은 이름자다. 체면을 세우려고 모습을 치장하며 외면과 내면을 살핀다. 집안의 얼굴이 있고, 집단에도 면을 세우는 얼굴이 있다. 보이는 면면을 표면, 정면, 측면, 뒷면으로 구분하며 모두 살피고 단정하게 하려는 게 보편적 마음이다. 면전이나 면상에는 함부로 면박을 못 한다. 누가 잘못하면 얼굴에, 집안에 먹칠한다고 한다. 그렇게 체면과 체통을 중시하던 사회 통념이 변질되면서 허세와 허풍이 늘어 나는 추세다. 이것이 과하면 표리부동으로 변하기도 한다. 과분에 대한 부작용이다. 분수대로 알맞게 살면 본인도 편하고 보는 이도 편한

데, 조금 넘치게 살고자 하니 포장이 필요하다. 포장이 과하면 힘이 든다. 자기 색깔대로 살면 비교할 것 없으니 남 부러울 게 없다. 평범하게 사는 것도 얼마나 많은 인내가 필요한지 살아 보니 알겠다고 한다. 미리미리 배워야 할 사항이다.

"나는 존경을 받았을지 몰라도 사랑을 받지 못했다. 늘 외로웠다. 남다르게 산다는 건 외로움이었다. 나에겐 동행할 친구가 없었다. 더러 동행인 줄 알았지만, 알고 보면 경쟁자였다. 결국 내 인생은 성공이 아니었다."

시대의 지성 이어령 교수님께서 『마지막 수업』이라는 수필에 남긴 말씀이다. 무슨 말씀을 덧붙이고 싶을까! 여유와 사랑이 아니었을까! 가족과의 사랑이 아쉽다고 하셨다. 지적 존재 확인에 열의를 갖고 만인이 우러르는 지성의 탑에 도달하셨지만, 내면의 고독과 가족과의 애틋한 사랑에는 아쉬움이 많았다는 말씀이다. 성공의 잣대는 여럿이지만 가장 큰 성공이 가족 간의 사랑이라 한다. 자식으로부터 존경받는 부모가 제일 첫 번째 성공이자 마지막 성취라는 것이다. 세상에 알리고 싶은 삶이 아니라, 숨길 것이 없는 삶이 성공이라고 말한다. 누가 알아주기를 바라지 않는 삶, 보일 것 없고, 보여줘도 괜찮은 삶을 최상의 삶으로 본다.

대동소이(大同小異)

　조금 일찍 명예퇴직을 하거나 정년을 한 선배님들의 인생 이모작을 들여다본다. 한마디로 대동소이하다. 도심에서 머무르는 분들은 그냥 쉬는 경우보다 뭔가 소일거리를 찾는 분이 많다. 비록 계약직이라도 얼마간 급여를 받으며 시간을 보내는 데 의미를 두고 계신 듯하다. 수입을 위해 일하지 않더라도 취미 생활로 등산을 하거나 악기나 다른 배움의 시간을 갖는 분도 계시고, 이렇다 할 이야깃거리 없이 무료한 경우도 있다.

　일은 고사하고 몸이 아파 운신을 못 하는 분도 더러 계시고, 병원에 누워 계시는 분도 있다. 겉보기 시간은 그렇다 하고 내면의 사정도 넉넉하지 않다. 평균이 집 한 채와 예금 약간이다. 연금이 살아 있으면 다행이지만 그것도 빠듯하다고 한다. 현직일 때보다 급여도 부족하고, 교류하는 사람들과 변화에서 알게 모르게 소외감이 스며든다. 아직 돌봐야 할 자녀가 있고 혼사가 있고 인사할 곳이 여럿이다.

　여기저기 몸에서 고장 나는 신호가 자꾸 들어온다. 먹고사는 일보다 병원비와 대소사 부조가 부담이다. 아직 없는 티는 낼 수 없고, 어디 가서 고개 숙이기는 싫으니 자연스레 바깥나들이가 줄어든다. 전에는 몰랐지만 물가도 눈에 들어온다. 기름값이 얼마 오르고 관리비가 어떤지 귀담아듣게 된다. 수입은 연금뿐인데 물가는 춤을 춘다. 살림살이를 아는 척하기도 그렇고 모르는 척하기도 그렇다. 평생 절약하며 살아온 아내에게 미안하다. 더 이상 아프지 말고 이만큼만 지냈으면 다행이겠다.

은근히 미래가 자신이 없다. 더 늙기 전에 아내랑 어디 좀 다녀 보고 싶지만 그새 몸이 귀찮아지고 다음으로 미루기만 한다. 금방 봄인가 하면 여름이고 여름인가 하면 가을이다. 세월이 빠름을 눈으로 느끼고 몸으로 반응한다. 머리에서 하고자 하는 그림은 아직도 여러 가지인데 정작 할 수 있는 것은 별로 없다는 소회다.

고향 근처나 전원생활로 돌아간 분들의 이야기다. 예전에 살던 집을 고쳐서 사는 분이 있고, 아예 새로 집을 짓고 사는 분이 있다. 앞서거니 뒤서거니 전원으로 들어간 모습에는 왕년의 계급이 필요 없다. 무궁화 꽃을 다 피우고 전원에 들어간 분이나, 무궁화 꽃 하나를 피다 만 분이나 사는 모습은 비슷하다. 우리 조직뿐만이 아니다. 시장, 군수, 면장, 과장 할 것 없이 계급장 떼고 보면 너와 나, 나와 너 다를 것 없다. 기대와 불안을 안고 고향의 품에 안겨보자~ 그러나 아쉽게도 고향의 정서가 기대보다 싸늘하다.

1980년 김 순경 이야기

예전의 고향이 아니다. 돌아온 고향에 대한 감상이 별로다.

객지서 편히 살다 고향에 와서, 여유 부리는 모양이 밉상으로 작용하는지 모른다. 일명 텃세다. 설마 했다. 그래도 일가가 살고 있고, 고향 친구가 살고 있다. 왕년에 직급이 만만찮고 실세로 움직이는 후임들이 있는데, 아직 살아 있는데 무시를 당하겠는가! 생각하지만 텃세가 살아 있다고 한다.

적응이 정답이다. 마을에 정착해서 정답게 살아가려면 보이지 않는 관습에 익숙해지는 것이다. 이해관계의 접근이 아니라 공감과 공존의 분위기를 익히는 것이다. 마을마다 야릇하게 존재하는 관습에 깊이 빠져서 이질감이 없어야 한다. 자기 의무도 아니고, 주변인에게 득이 되지 않는 그런 일에 손댈 필요가 없다. 보고 듣고 배워 나간다. 나누고 베풀고 섞이는 법을 배우는 것이다.

이미 수많은 사건 사고를 처리하면서 세상에 대해 배울 만큼 배웠지만 지금은 지금 현실에 일을 배우는 것이 최고의 학습이다. 농사일을 배우고 이웃과 담소를 배우는 방법은 많이 듣고 가능한 한 적게 말하는 것이다. 우리는 말하는 법은 배웠지만 말을 줄이고 듣는 방법은 덜 배웠다. 사람은 자기 말을 잘 들어주는 사람에게 친밀감이 쉽게 생긴다고 한다. 요즘 말로 티키타카가 잘되는 사람이 좋다. 소통의 언어가 최고라는 말이다. 잘 듣고 잘 웃어주는 내면의 여유가 최상이다.

기관에 최고 높은 자리에 앉은 분을 기관장이라고 한다. 그곳에서 최고 어른이라는 말이다. 밑바닥부터 차근히 일을 배우면서 올라왔든지, 낙하산을 타고 내려왔든지 자리에 어울리게 앉아 있으려면 어른다운 행동을 하는 게 맞다. 자리가 사람을 만들기도 하지만, 사람이 자리를 만든다.

기관장은 부서 업무는 물론이고 직원들의 성향을 알아야 격(格)이 있다. 함께 한 부서장님을 생각해 보면, 역량 있는 어른일수록 말이 많지 않았다. 자신의 인품이 허술할수록 말이 많았다. 아래 직원도 그렇다. 말로 간단히 가르쳐서 될 직원은 말하지 않고 행동만 보여도 웬만한 건 잘 따라 한다. 참된 어른은 의식적으로 앞장서는 게 아니라 자연스럽게 모범이 된다. 일상의 삶에서 품격을 이루고 오래도록 따르고 싶은 분, 본받고 싶은 분이다. 지나고 보니 그렇다. 다시 만나서 근무하고 싶은 분이 있다. 세월이 흘렀지만 지금 당장이라도 뵙고 싶은 분이 있다.

밥 한 끼를 먹더라도 누구 구분하지 않고 세심하게 살펴 주시던 분, 사소한 것조차 어긋나지 않으려는 모습이 보이던 분이 있다. 대부분 윗사람이 어른스러운 경우가 당연하지만, 가끔은 동료나 후배들에게서 인격을 본받을 때도 있다. 모자란 부분이 있는 선배인데도 거들먹거리지 않고 깍듯이 존중하며 일처리를 하는 후배가 있다. 나중에 큰 자리에서 좋은 지도자가 될 것 같은 모습이 보인다.

　여러 사람을 만나서 일을 하다 보면 나이만 많고 애들 같은 인품이 있고, 나이는 아래지만 어른스러운 몸가짐이 있다. 이렇게 다양한 품성에서 진정한 리더와 진정한 어른은 나이가 아니라 자리에서의 알맞은 격조가 비춘다. 겪어온 세월과 인맥에 휘둘리지 않는 의연함이 배어 있음을 알게 되었다.
　물 흐르듯 유장하게 흐르는 세월 속에 어쩌다 경찰이 되었고 선후배 사이에 내가 서 있다. 내게 그리운 선배가 있듯이 나 역시 그리운 이름으로 불리는 선배가 되고자 다짐한다.

* 김 순경에서, 김 경장의 이야기가 계속된다. *

1980년 김 순경 이야기

초판 1쇄 2023년 07월 01일

지은이	어진이
발행인	김재홍
교정/교열	김혜린
마케팅	이연실
디자인	현유주

발행처	도서출판지식공감
등록번호	제2019-000164호
주소	서울특별시 영등포구 경인로82길 3-4 센터플러스 1117호{문래동1가}
전화	02-3141-2700
팩스	02-322-3089
홈페이지	www.bookdaum.com
이메일	jisikwon@naver.com

가격	16,000원
ISBN	979-11-5622-809-7 03810

문학공감은 도서출판 지식공감의 인문교양 단행본 브랜드입니다.